www.ingramcontent.com/pod-product-compliance
Lightning Source LLC
LaVergne TN
LVHW010816051026
849532LV00007B/2550
9789369083800

دیواریں

(ناول)

کرشن گوپال عابد

DeewaareiN *(Novel)*

by: Krishna Gopal Abid

Edition: June '2025
Publisher :
Taemeer Publications LLC (Michigan, USA / Hyderabad, India)

ISBN 978-93-6908-380-0

کتاب	:	**دیواریں** (ناول)
مصنف	:	**کرشن گوپال عابد**
صنف	:	فکشن
ناشر	:	تعمیر پبلی کیشنز (حیدرآباد، انڈیا)
سالِ اشاعت	:	۲۰۲۵ء
صفحات	:	۱۲۲
سرورق ڈیزائن	:	تعمیر ویب ڈیزائن

آپ فلمیں بہت دیکھتے ہیں نا۔ لیجئے آج آپ کو ایک بلند پایہ فلم دکھائیں
عابد کا یہ ناول کیا کسی عظیم فلم سے کم ہے؟ ذرا اسے ہاتھوں میں لیجئے صفحے پلٹیے
آپ محسوس کریں گے ایک طویل فلم دیکھ رہے ہیں۔ تکنیک کا اتنا نکھار اور اتنا پن
کہیں اور آپ نے دیکھا ہے؟

عابد کتنے بلند پایہ فنکار ہیں اس کا اندازہ آپ کو اس ناول کو ہاتھ میں لیتے
ہی ہو جائے گا۔ میرے دوست ہیں اس لئے اس کی تعریف نہیں کر رہا خدا کی
قسم غضب کی گرفت ہے اس کی تحریر میں۔ اتنی بڑی کہانی آپ کو خاموشی سے سنا دینا
اور اپنے ساتھ بہائے لے چلنا صرف اسی کا کام ہے۔ میں تو اس کا بے حد مداح
ہوں۔ بہت پیارا دوست ہے اس لئے کبھی کبھی کہہ دیتا ہوں "کم بخت! کہانی
میں کہیں تو دم لینے کا موقع دے۔" مگر یہ ہے کہ ایک کے بعد ایک تصویر آنکھوں
کے سامنے لاتا رہے گا۔ کیمرہ چلتا رہے گا۔ تصویر سرکتی جائے گی اور آپ اپنے کو
سنبھال بھی نہ پائیں گے کہ فلم ختم ہو جائے گی۔

"فلم شاٹ تکنیک" پر اردو زبان کا یہ پہلا ناول دیکھئے۔ ادب میں کتنا عظیم تجربہ ہے۔ ہر ناول میں اُس نے نئے تجربے تو کئے ہیں مگر یہ تنوع ــــ .... واللہ! زورِ قلم اور زیادہ ....

آپ کے اور اس کے بیچ میں کیوں آؤں۔ لیجئے بتیاں گُل اور کیمرے کی روشنیاں جاگیں۔

....

عابد آل رشید

کلپنا کروٹ بدل کر سو گئی۔

فضا ابھی تک بوجھل تھی۔ کمرے میں اِس جا، اُس جا اُس کے آنسو بکھرے تھے اور اُس کی سسکیوں کی بازگشت سناٹے کے کندھوں پر معلق تھی۔ اور اب جبکہ وہ نیند کی آغوش میں لڑھک چکی تھی، لگتا تھا اس کے کندھے ابھی تک ہل رہے ہیں۔

کمرے میں ہلکی نیلی روشنی تھی۔ روشنی سایوں کی طرح کمرے کے کونے کھدروں میں رینگ رہی تھی۔ اپنا سر چھپا رہی تھی۔ چھپنا چاہتی تھی، بار بار آنکھوں کے سامنے آجاتی تھی۔ بار بار کلپنا کے سپید بے داغ بستر پر پھسل پھسل جاتی تھی۔ بار بار کلپنا کے زرد، مضمحل چہرے کے گرد ہالے بن بن کر دم سادھ لیتی تھی۔ کلپنا کے چہرے پر آج کتنی زردی چھائی تھی۔ لگتا تھا اُس کے شریر سے کسی نے سارا خون ہی نچوڑ لیا ہے۔

سچ! خون ہی تو نچوڑ لیا تھا کسی نے اُس کے شریر سے! اور وہ سارا خون گوشت کے اُس ننھے منے لوتھڑے میں تبدیل ہو گیا تھا جو اُس کے بستروں

کے مابین یوں رکھا تھا کہ نہ اس بستر کا حصہ لگتا تھا نہ اُس کا۔ اور سچ! گوشت کا یہ لوتھڑا کس بستر کا حصہ تھا؟ کس بستر کی زینت تھا؟ اُس کے یا کلپنا کے۔؟

وہ ایک بار پھر لرز گئی۔

باہر سردی اپنے پورے جوبن پر تھی۔ رات تاریک تھی۔ اتنی تاریک۔ اتنی تاریک کہ شاید روشنی کی کوئی ننھی سی کرن بھی زندہ نہ تھی۔ اس رات کی طرح سب کچھ تاریک تھا۔ کلپنا کا اور اس نوزائیدہ بچی کا۔ اور۔ اور شاید خود اُس کا مستقبل۔..........

آخر اب ہوگا کیا۔؟

بڑی دیر سے وہ کلپنا کی اور دیکھ رہی تھی۔ بچی کی اور دیکھ رہی تھی۔ سامنے سپاٹ دیوار کی اور دیکھ رہی تھی۔ بجلی کے نیلے بلب کی اور دیکھ رہی تھی۔ چھت کی اور دیکھ رہی تھی۔ اور ایک ہی سوال بار بار اُسے علق ہوتا۔

"اب ہوگا کیا۔؟"

اور اس ایک سوال کا جواب اُس کے پاس نہ تھا۔ اور کلپنا نیند کی آغوش میں لڑھک گئی تھی اور رات تاریک تھی۔ تاریک اور سرد۔

وہ بستر سے اُتری۔ آہستہ سے اُتری۔ بچی کے پاس آئی۔ اُس کے ننھے منے ہاتھوں کو دیکھا۔ دو ننھے سے لمبوترے نقطوں کی طرح بند پلکوں کو دیکھا۔ پھول سی پتی کی طرح کے دہانے کو دیکھا۔ چہرے پر بکھری ایک ملکوتی سی مسکراہٹ کو دیکھا۔ آہ! یہ معصوم، آن چھوئی کلی جس نے ابھی شاید آنکھ بھی نہیں کھولی۔ کیا سچ مچ اس قابل ہے کہ اسے مسل ڈالا جائے؟

ایک بار پھر سر سے پیر تک وہ لرز گئی۔

ڈر، خوف، کپکپی کی ایک لہر سی اُس کے سارے جسم میں سرایت کر گئی۔

کلپنا کی آواز بار بار اُس کے کانوں میں گونج رہی تھی۔ "ارچنا۔ ارچنا۔ یہ زندہ رہی تو میں زندہ نہ بچونگی۔ ہاں۔ دیکھ لینا۔ میں زندہ نہ بچونگی۔ میں زندہ نہ بچونگی۔"

وہ ماں تھی جو کروٹ بدلے سو رہی تھی۔

یہ بچی تھی جو اُسی کی اور سرڈھلکائے سپنوں کی نئی دُنیاؤں میں ننھے ننھے اپنے قدم رکھ رہی تھی۔

ماں اور بچی۔

خون اور خون۔

جسم اور جسم۔

ایک جسم سے دوسرا جسم بنا تھا۔

کیا اس لئے کہ۔ ....

"نہیں۔" اُس نے گھبرا کر کان بند کر لئے۔ "نہیں۔ نہیں۔ یہ نہیں ہو سکتا۔ یہ نہیں ہو سکتا۔" وہ لپک کر کمرے کے دوسرے کونے میں آگئی۔ "نہیں۔" اُس کے وجود کا ذرہ ذرہ چلاّ رہا تھا۔

"نہیں۔" اُس نے باہری دریچے کے دونوں پٹ کھول دیئے۔

باہر رات اُسی طرح اندھیروں کے آنچلوں میں اپنا آپ چھپائے شرمسار سی کھڑی تھی۔ آسمان پر گھنے بادل چھائے تھے۔ کہیں ایک بھی ستارہ نہ تھا۔ شاید

طوفان کے آثار تھے۔

"طوفان۔ !" ارچنا نے سوچا۔ "کیا جیون ایک طوفان ہے۔ ؟"

"وہ کیسے بچائے اپنے آپ کو اِس طوفان سے۔ کلپنا اور ابن بچی کہ۔ اپنی کائنات کہ۔ یوں لگتا تھا جیسے سب ختم ہو گیا ہو اور کچھ نہ بچا ہو۔"

اُس نے آنکھیں بند کر لیں اور گھومتا سر دریچے کی چوکھٹ پر ٹیک دیا۔ ناگاہ آنسوؤں کی کچھ بوندیں اُس کی پلکوں پر ابھر آئیں۔ آہ! وہ کتنی بےبس ہے!

اُس نے چیتن سے بھی یہی کہا تھا۔ "چیتن بابو۔ میں تو ایک کمزور سی لڑکی ہوں۔ میری اور تمہاری دُنیا میں اتنا فرق ہے۔ میرا اِس طرح پیچھا نہ کرو کہ میں بےبس ہو جاؤں۔"

مگر چیتن بہت ضدی تھا۔ چیتن نے اُس کی ایک نہ مانی۔ چیتن نے اس کا پیچھا نہ چھوڑا۔ کہا۔ "ارچنا۔ تمہیں دیکھ کر، تمہیں پا کر تو لگتا ہے دُنیا میں نہ تو اب کچھ دیکھنے کو باقی رہ گیا ہے نہ پانے کو۔ نہ جانے تم کتنے جنموں سے اس طرح میرا انتظار کر رہی ہو۔ اور میں تمہاری تلاش میں بھٹک رہا ہوں۔ ارچنا۔ اپنا دامن میرے ہاتھوں میں رہنے دو ارچنا۔ اپنا دامن میرے ہاتھوں میں

رہنے دو ارچنا۔"

ارچنا نے تو کبھی یہ سوچا بھی نہ تھا۔ ارچنا تو اچانک ان جذبوں میں گھر گئی تھی۔ اُسے تو ان باتوں کا کچھ بھی پتہ نہ تھا۔ وہ تو چپ چاپ جیئے جا رہی تھی کہ ایک دن چیتن نے نہ جانے کہاں سے آ کر۔..............

وہ دن بھی بے حد عجیب تھا۔ شاید عجیب نہ بھی ہو مگر اُسے بے حد عجیب لگا تھا۔ اُسے اچھی طرح یاد بھی تو ہے وہ دن کبھی بھول سکتا ہے؟ جیون کا وہ دن تو لگتا ہے سہاگن کے ماتھے کی بندی کی طرح دمکتا رہتا ہے — سدا دمکتا رہتا ہے۔

بس وہ دنہی سی گھڑی تھی۔ گھر میں اکیلی تھی۔ کلپنا اور بابوجی کہیں کسی پارٹی میں گئے تھے۔ وہ کلپنا کے کمرے میں بکھری ہوئی کتابوں کو ریک میں سجا رہی تھی کہ رامو نے آ کر کہا تھا — "کوئی بابوجی ملنے آئے ہیں —"

"کہاں ہیں — ؟"

"نیچے بیٹھے ہیں۔ کہتے ہیں گھر میں جو بھی ہو اُسے بلا لاؤ۔"

اُس نے ہاتھوں کی گرد دھوتی کے آنچل سے پونچھ لی۔ کمر کے گرد اُڑسا پلو سیدھا کیا۔ اور سر کو کانوں تک ڈھک لیا۔ ماتھے پر آئی بالوں کی لٹ کانوں کے پیچھے دھکیل دی۔ اور دھیرے دھیرے قدم رکھتی، ایک ایک سیڑھی اُترتی نیچے آ گئی۔

سامنے ہی کوئی بیٹھا تھا۔ کون تھا؟ جانے کون تھا؟

اسے دیکھتے ہی وہ اُٹھ کھڑا ہوا۔ بڑی بڑی آنکھوں سے اُسے

نیچے اُترتے دیکھتا رہا۔ اُسی جگہ کھڑا رہا۔ دیکھتا رہا۔ ٹکر ٹکر دیکھتا رہا۔ نہ ہلا، نہ جلا بس دیکھتا رہا۔

وہ نیچے آپہنچی تو بھی دیکھتا رہا۔

اُس کے قریب آگئی تو بھی دیکھتا رہا۔

آہستہ سے کہا۔ اُس سے۔ "فرمائیے۔"

تو وہ اچانک چونک پڑا۔ جیسے نیند سے جاگا ہو۔ جیسے سپنے سے جاگا ہو۔ جیسے خوابوں کی دنیا میں کہیں دُور چلا گیا تھا اچانک لوٹ آیا ہو۔

دونوں ہاتھ جوڑ لئے "جی میں۔ جی میں چیتن ہوں۔"

"چیتن" اُس نے آہستہ سے پوچھا۔

"جی ہاں۔ چیتن۔" بڑا سا خوشنما سر ہلا کر بڑے وثوق سے کہا "چیتن۔ آپ نہیں۔ آپ نہیں سمجھیں۔ جی میں چودھری صاحب کا لڑکا ہوں۔ چودھری صاحب کو تو جانتی ہی ہیں نا۔ یہ ساتھ والے بنگلے میں رہتے ہیں۔ بس اس دیوار کے پار۔ اس سال میرے ڈیڈی یہاں بدل کر آئے ہیں نا۔ میں اُن کا ہی لڑکا ہوں۔ جی ہاں۔ میرے امتحان ہو رہے تھے نا۔ ڈیڈی مجھے چھوڑ کر چلے آئے تھے۔ اب میرے امتحان ختم ہو گئے ہیں نا۔ میں بھی آگیا۔ اب یہیں رہوں گا۔ آہ۔ کتنی اچھی جگہ ہے۔ ہے نا۔۔۔؟"

"جی۔۔؟" اُس کو جانے کیا ہونے لگا۔ کچھ کہہ نہ سکی۔ اُسی جگہ کھڑی سے دیکھتی رہی۔ اُس کی باتیں سنتی رہی۔

"آپ ورما صاحب کی لڑکی ہیں نا۔ میں جانتا تھا۔ آپ اُن کی ہی لڑکی

ہیں گی۔ وہ کل ہمارے ہاں آئے تھے۔ انھوں نے ہی کہا تھا۔ میں ان کے گھر آؤں۔ اور دیکھئے۔ میں آگیا۔

"آپ کا گھر تو بہت خوبصورت ہے اور آپ ۔۔۔۔۔۔۔۔۔

"جی۔ جی میں ۔۔۔۔۔۔" وہ کچھ کہنا چاہتی تھی کہہ نہ سکی۔

"جی ہاں۔ جی ہاں آپ۔ آپ بھی خوبصورت ہیں۔ بہت خوبصورت ہیں!۔ سچ۔ جھوٹ نہیں کہہ رہا۔"

اُس کا دل دھڑک اُٹھا۔ زندگی میں پہلی بار کپکپا اُٹھا۔ یوں لگنے لگا کہ اچھل کر باہر آجائے گا۔ یہ بات۔ ایسی بات تو زندگی میں کبھی کسی نے۔۔۔۔۔

اُس نے منہ پھیر کر اپنے سرخ ہوتے ہوئے چہرے کو آڑ میں کر لیا۔

جی چاہا یہاں سے بھاگ جائے۔ اُڑ جائے۔ ہائے! وہ تو شرم سے گڑی جا رہی ہے، یہاں کھڑی کیسے رہے؟

وہ اچانک مُڑا۔ اچانک اُس کے سامنے آگیا۔ کہا۔ "اچھا! اب میں چلوں گا۔ ورما صاحب سے کہہ دیجئے گا۔ چیتن آیا تھا۔"

اور وہ چلا گیا۔ خوشبو کے جھونکے کی طرح چلا گیا۔ دروازے کا پردہ ہٹا کر بے پرواہی سے چلا گیا۔ ایک بار بھی پیچھے مُڑ کر نہ دیکھا۔ اور وہ دھم سے اُسی جگہ فرش پر بیٹھ گئی۔ رواں رواں کانپ رہا تھا۔ ہائے! کیا ہو گیا تھا؟ اچانک یہ سب کیا ہو گیا؟ یہ کیسا جذبہ تھا جس نے آن ہی آن میں وجود کے ذرّے ذرّے کو اُتھل پُتھل کر دیا تھا؟ یہ کیسی دھڑکن تھی۔ جس نے سارے شریر کو اتنی شدید گرفت میں لے لیا ہے؟ وہ کون سحر کار تھا جو اتنے اَن جانے بول

اس طرح کانوں میں پھونک گیا ہے؟ یہ کیسے ساز تھے جو آپ ہی آپ بج رہے تھے؟ یہ کن جھرنوں کا سنگیت تھا جو آتما کی نچلی تہوں میں چپ چاپ بہہ رہا تھا؟ یہ کیسے گھنگھروؤں کی جھنکار تھی جسے سن کر کلیوں نے ناگاہ آنکھیں کھول لی تھیں؟

وہ بڑی دیر تک اُسی جگہ بیٹھی رہی - اُٹھ نہ سکی - جانے کیا ہو گیا تھا ایک ہی آواز بار بار سُنائی دے رہی تھی - "آپ بہت خوبصورت ہیں - سچ! جھوٹ نہیں کہہ رہا - سچ - !" بڑی بڑی آنکھوں کا یقین - ایک عجیب وشواش - ایک عجیب لہجہ - ....

کلپنا آئی تو وہ چپ چاپ اپنے کمرے میں سو رہی تھی۔ دیوار کی طرف کروٹ بدلے۔ جانے کیوں اس طرح سونا آج اتنا اچھا لگ رہا تھا۔ اس طرح چپ چاپ سو کر کچھ سوچنا۔ جسم رہ رہ کر ٹوٹ رہا تھا۔ آنکھیں بند تھیں۔ پر لگتا تھا بند نہیں اور وہ سب دیکھ رہی ہے۔ سب سُن رہی ہے۔ وہ اُسی طرح کھڑا ہے وہ نیچے اُتر رہی ہے۔ ایک ایک قدم۔ "میں چیتن ہوں میں چیتن ہوں۔"

کلپنا نے آکر جگایا۔ "دیدی! کھانا کیوں نہیں کھایا۔۔۔؟"

"ارے!" وہ چونک کر اُٹھ بیٹھی۔ "تم لوگ آ گئے کیا۔۔۔؟"

کلپنا ہنس دی۔ وہی خوبصورت اور شوخ ہنسی۔ "لو۔ گھنٹہ بھر سے ہم گھر پر ہیں اور آپ کو پتہ نہیں چلا۔۔۔؟"

"ذرا آنکھ لگ گئی تھی۔ سو گئی تھی۔ اکیلی تھی نا۔ بس یونہی۔۔۔"

وہ جانے کیوں اُس سے آنکھیں ملاتے ہوئے ڈر رہی تھی کہیں کلپنا اُس کی یہ

حالت دیکھ نہ لے۔

"طبیعت تو ٹھیک ہے نا۔؟"

"ہاں!"

"اچھا! تو میں جاتی ہوں۔ تم سو جاؤ۔"

"میری ضرورت ہو تو.........."

"دیدی! کتنی بار کہا ہے اس طرح میرا اتنا خیال نہ رکھا کرو کہ میں مغرور ہو جاؤں۔ تم میری بہن ہو۔ سچ! سگی بہن سے بھی بڑھ کر۔ مجھ سے کتنا پیار کرتی ہو۔؟ اری! میری سگی بہن بھی تو اتنا خیال نہ رکھ سکتی تھی میرا۔"

"یہ تو میرا فرض ہے کلپنا۔ تم اس گھر کی مالک ہو اور میں.........."

"تم بھی تو اس گھر کی مالک ہو ارچنا۔ مجھ سے پہلے اِس پر تمہارا حق ہے۔ تم بڑی ہو۔ تم نے اپنے حصے کا دودھ مجھے دیا ہے۔ ایک ہی ماں کا دودھ پیا ہے ہم دونوں نے۔ اور سچ۔ تم نہ ہوتیں اور تمہاری ماں کا دودھ نہ ہوتا تو کیا میں ہوتی۔؟ (ہنس کر) میری ماں تو میرے پیدا ہوتے ہی مر گئی تھی۔ اور پھر تمہاری ماں نے ہی تو مجھے دودھ پلایا۔ اُس بات کو کیا میں بھول سکتی ہوں۔؟"

"تم تو رانی ہو کلپنا۔ رانیوں کی سی باتیں کرتی ہو۔!"

کلپنا زور سے ہنس پڑی۔ "اور تم میری دیدی ہو۔ میری سب کچھ ہو۔ یہ بھول کیوں نہیں جاتیں کہ ہم دو ہیں۔ ہم تو ایک ہیں سکھی۔ ایک ہی رہیں گے ہیں نا۔ اس گھر کا سب کچھ بانٹ لیں گے۔ ڈیڈی آج کہہ رہے تھے۔

ارچنا نے آگے بڑھنا جانے کیوں بند کر دیا۔ اُس سے کہو وہ میرے لئے کسی

طرح بھی کلپنا سے کم نہیں۔ میں اس کی ماں کے احسانوں کو کبھی بھول نہیں سکتا۔ اچھا دیدی۔ ڈیڈی کہیں گے تب بھی تم کالج نہ جاؤ گی کیا۔؟"

"نہیں کلپنا۔ اب میں آگے پڑھ کر کیا کرونگی۔ جب ماں مری تھی تو یہ سارا گھر میرے حوالے کر گئی تھی۔ اتنا بڑا گھر نوکروں پر تو چھوڑا نہیں جا سکتا۔ ڈیڈی کو اس عمر میں اب زیادہ آرام کی ضرورت ہے اور تمہاری ضروریات بھی تو بڑھ گئی ہیں۔ میں دیکھ بھال نہ کرونگی تو ہوگا کیا۔ جانتی ہو؟ گھر گھر نہ رہے گا۔ گھر سے سب کی انسیت ختم ہو جائیگی"

کلپنا پھر زور سے ہنس پڑی۔ "تم مجھ سے دو ماہ بڑی ہو اور باتیں ایسی کرتی ہو جیسے ستر سال کی بڑھیا ہو۔......."

"ہشت!" وہ لجا گئی۔ "نہیں کلپنا یہ بات نہیں۔ میری رگوں میں اس گھر کا سب کچھ ہے۔ میری غریب ماں کو یہیں پر ہی تو آسرا ملا تھا۔ اُس نے کہا تھا۔" ارچنا۔ اِس گھر کے سکھ کے لئے تمہاری جان کی بھی ضرورت ہو تو دیدینا۔"

"پھر میں ڈیڈی کو کیا جواب دوں۔؟ وہ مجھے ڈانٹ رہے تھے کہ ارچنا تمہارا اتنا خیال رکھتی ہے اور تم ارچنا کا......."

"کہہ دینا میں نے ابھی بہت کام کرنے ہیں۔ کلپنا کا جہیز تیار کرنا ہے۔ اور ایک ننھا سا دولھا اُس کے لئے......."

"اور اپنے لئے.........؟" کلپنا اُس سے لپٹ گئی۔ اُس کی گود میں سر چھپا کر کہا "ہاں دیدی! اور اپنے لئے............"

گئی رات تک وہ سو نہ سکی۔ کلپنا نے بات جو ایسی پوچھی تھی —
"اپنے لئے دیدی —.......؟" بار بار ایک چہرہ اُس کے سامنے آجاتا تھا
"میں چیتن ہوں — !" بار بار وہ شرما جاتی تھی۔
"تم بہت خوبصورت ہو...... سچ! جھوٹ نہیں کہتا —"
رات بھر اُس کا سارا شریر سُلگتا رہا۔

صبح اُٹھی تو سر میں شدید درد تھا — آنکھیں کُھلتی ہی نہ تھیں — سارا جسم ایک ہلکے درد میں مبدّل ہو چکا تھا۔ بستر چھوڑنے کو جی ہی نہ چاہ رہا تھا رامو چائے وہیں دے گیا تھا۔ چائے پی کر وہ پھر لیٹ گئی۔ دیوار کی طرف کروٹ بدل لی۔ آنکھیں مضبوطی سے بند کرلیں۔

پلکوں کے ڈھکنے چیر کر بار بار وہ چہرہ سامنے آجاتا تھا۔

بار بار وہ اُس کے خیال کے دامنوں کو جھٹک دیتی۔

بار بار وہ سامنے آجاتا۔"میں چیتن ہوں ــــ!"

یہ کتنی عجیب بات تھی کہ اِس ذرا سی بات نے اُسے اس طرح متزلزل کر ڈالا تھا۔ وہ تو بے حد مضبوط کردار کی مالک تھی۔ مگر نہ جانے اَن جانے میں وہ کیسے اس کی آتما کی حدوں کو چھُو گیا تھا۔ چند ہی لمحوں کے لئے تو وہ آیا تھا کھڑا اُسے دیکھتا رہا۔ اُسے یوں کپکپا گیا اور چلا گیا۔ پھر جانے کیوں لگا کہ وہ اُسے جانتی ہے۔ بہت زمانے سے جانتی ہے۔

بھلا چند لمحوں کی ملاقات کا تاثر اتنا دیرپا ہو سکتا ہے؟

شاید سبھی نیچے ناشتہ کر رہے تھے کہ ناگاہ اُس کے کانوں نے ایک آواز سُنی اور تب یکبارگی وہ سن سی رہ گئی۔

وہی آواز ــــ ہاں وہی آواز ــــ بالکل وہی۔ وہی صاف شفاف آواز۔ جھرنوں کا سنگیت۔ سازوں کا ترنم ــــ

وہ چونک کر بستر میں بیٹھ گئی۔

سارا جسم سمٹ کر کانوں میں آگیا۔

"وہی ہے نا ــــ؟" آرزوؤں کے طوفان بار بار پوچھتے۔ "وہی ہے نا ــــ؟"

تب وہ بے قراری سے اُٹھی۔ اس کمرے میں رُک ہی کہاں سکتی تھی؟

اب سوچ بھی کہاں سکتی تھی؟ جسم کا درد اب ایک بے تابی بن چکا تھا۔ وہی ہے نا
۔؟ وہی ہے نا۔؟
کمرے کا دروازہ کھول کر وہ باہر آ گئی۔
آس پاس نسبتاً خاموشی تھی۔ سامنے بڑی سیڑھیاں تھیں۔ ٹھیک انہی
کے نیچے ۔۔۔ سامنے کامن روم میں ۔۔۔۔۔۔۔۔ وہ سیڑھیوں کے
سرے پر آ گئی۔
ریلینگ پکڑ کر دھڑکتے ہوئے دل کے ساتھ نیچے جھانکا۔
اور آہ ۔۔۔۔۔۔۔۔!
"وہی ہے۔ وہی ہے۔" دل کے ذرے ذرے نے چلّا کر کہا۔ "وہی ہے۔ وہی
ہے۔"
نیچے کلپنا اور وہ آمنے سامنے ۔۔۔۔ بیٹھے تھے۔
کلپنا چائے کا کپ بنا کر اُسے دے رہی تھی۔
وہ چُپ چاپ کلپنا کی طرف دیکھ رہا تھا۔
اُس نے اپنا آنچل سینے پر پھیلا دیا اور نیچے اُترنے کے لئے پہلا قدم بڑھایا
ایک ایک قدم وہ نیچے اُترتی آئی۔
اور تب اچانک اُس نے اُسے دیکھ لیا۔ خفیف سی ہنسی
ہنس کر اُس نے کپ میز پر رکھ دیا اور دونوں
ہاتھ جوڑ لئے۔

وہ وہیں سیڑھیوں کے پاس کھڑی رہی۔

کلپنا نے ایک نظر دونوں کو دیکھا۔ دونوں کی وارفتگی دیکھی۔ پھر ہنس پڑی کہا۔"ارچنا۔ آؤ نا۔ یہ چیتن بابو ہیں!—"

ارچنا اُن کے پاس آگئی۔

چیتن نے آہستہ سے کہا۔"مجھے معاف کیجئے گا ارچنا دیوی کل میں آپ کو پہچان نہ سکا۔ جلدی میں آیا تھا۔ جلدی ہی چلا گیا۔ مگر آج صبح صبح پتاجی نے سیدھے مجھے یہاں بھیج دیا تو آپ کے ڈیڈی مجھے یہاں بٹھا کر دفتر چلے گئے اور مجھے چائے پینے کا حکم دے گئے (ہنس کر) بیٹھئے نا۔"

سبھی بیٹھ گئے۔

"تمہاری طبیعت اب کیسی ہے ارچنا—؟" کلپنا نے پوچھا۔

"اب تو ٹھیک ہوں۔ یونہی رات بھر سو نہ سکی—"

"اوہ—" چیتن نے کہا۔ سویا تو میں بھی نہ تھا۔ رات بھر جانے کیا سوچتا رہا۔ بڑی دیر تک پڑھتا رہا۔ پھر لیٹا تو پلکیں بند ہی نہ ہوتی تھیں۔ نیا نیا یہاں آیا ہوں نا۔ عادی ہو جاؤں گا—"

اُس نے ایک نظر چیتن کو دیکھا۔ وہ اُسے ہی دیکھ رہا تھا۔ ہڑبڑا کر چائے کا کپ اٹھا اور ایک بڑا سا گھونٹ بھر لیا۔

چیتن آنکھوں ہی آنکھوں میں ہنس رہا تھا۔

"کلپنا دیوی۔" چیتن نے اچانک کہا۔ آپ تو کہتی تھیں یہ آپ کی دیدی ہیں مگر یہ تو آپ سے چھوٹی لگتی ہیں۔"

وہ گھبرا کر اِدھر اُدھر دیکھنے لگی۔ کلپنا بھی چند لمحے چپ رہی پھر کہا۔
"مجھ سے صرف دو ماہ بڑی ہیں۔" پھر چائے پینے لگی
کیسا ہے یہ چیتن۔؟ کیسی باتیں کر رہا ہے؟ اُسی کی طرف کیوں یار یار دیکھ رہا ہے۔؟ اُسے تو کلپنا سے بات چیت کرنی چاہیئے۔ کلپنا جانے اس کی باتوں کا کیا مطلب لے رہی ہو؟ وہ یہاں کیوں بیٹھی ہے۔؟ اُٹھ ارچنا۔ اُٹھ ارچنا۔ یہاں ان کے ساتھ تیرا بیٹھنا ٹھیک نہیں۔ کہیں تیرا دل دھڑکتے دھڑکتے تھم نہ جائے۔ اس کی آنکھیں جسم کو کیسے چھید رہی ہیں جیسے آر پار ہو جائیں گی۔ کلپنا کی آنکھیں بچا بچا کر کیسے وہ صرف اُسے ہی دیکھے جا رہا ہے۔ بار بار دیکھے جا رہا ہے۔ کہیں کلپنا بھانپ نہ جائے۔ جانے وہ کیا سمجھے؟
اُس نے خالی کپ میز پر رکھ دیا اور اُٹھ کھڑی ہوئی۔ ایک نظر اُسے دیکھا اور پھر کہا "میں چلتی ہوں۔ آپ بیٹھئے۔"
اور وہ چلی گئی۔
سیڑھیوں کی طرف آ گئی۔
دل لپک لپک کر پیچھے جاتا رہا۔ پتہ تھا وہ اُسے ہی دیکھ رہا ہے اس لئے بڑے دھیان سے چل رہی تھی۔ سیڑھیاں چلتے وقت ایک بار پھر اس کی اور دیکھا۔
وہ شاید اس کی ہی بات کر رہے تھے!۔

اُس رات کلپنا اچانک اُس کے کمرے میں آئی اور اس کے بستر پر لیٹ گئی اور اُس کے گلے میں اپنی بانہیں ڈال دیں اور اُس کے کانوں کے پاس ہونٹ لاکر سرگوشی کے سے انداز میں ہنسی اور سرگوشی کے سے انداز میں کسمسائی اور سرگوشی کے سے انداز میں کہا۔ "چیتن تمہیں کیسا لگا ارچنا — ؟"

"کون چیتن ؟" وہ دھک سے رہ گئی۔

"ارے !" کلپنا مسکرائی۔ "بھول گئیں — ؟ اتنی جلدی بھول گئیں — ؟ وہ جو کل آیا تھا۔ وہ جس سے آج صبح تم ملی تھیں۔ وہ بھی کوئی بھولنے کی چیز ہے ظالم — !"

اُس کا کلیجہ جانے کیوں دھیرے دھیرے کپکپانے لگا۔ پوچھا۔ "وہی چیتن چودھری — ؟"

"ہاں ! — وہی۔" وہ اُس سے لپٹ گئی۔ "تمہیں پتہ ہے ارچنا۔ آج ہم لوگ کہاں کہاں گھومے — ؟"

"گھومے ---؟" اُس نے آہستہ سے پوچھا۔

"ہاں! کلپنا اپنی ہی رَو میں بہہ رہی تھی۔"گھومتے ہی تو رہے۔ سارا دن۔ یہاں سے وہاں۔ وہاں سے یہاں۔ اُس کی کار تم نے دیکھی ہے ---؟

اُجلے لال رنگ کی نئی گاڑی۔ وہ بہت بے پرواہی سے کار چلاتا ہے۔ بہت تیز چلاتا ہے۔ لگتا ہی نہیں چلا رہا ہے بس کار آپ ہی آپ بہتی جا رہی ہے۔ اُس کے بال دیکھے ہیں نا تم نے۔ اُس کے ماتھے پر بے نیازی سے بکھرے رہتے ہیں۔ اُس کی ہنسی دیکھی ہے نا تم نے۔ لگتا ہے مانو راگنی بہہ رہی ہے۔ اور اُس کی آنکھیں آہ! ارچنا۔" وہ اُس سے لپٹ گئی۔" اُس کی آنکھیں ارچنا۔ آسمان سے بھی زیادہ شفاف ہیں اور کتنی بڑی ---؟

اچھا ارچنا۔" وہ کہنیوں کے بل ہو گئی۔" ارچنا۔ سچ بتاؤ اتنی بڑی اور موٹی آنکھیں تم نے کسی اور کی دیکھی ہیں کبھی ---؟"

کلپنا اُس کی گود ہی میں لیٹ گئی۔

سامنے کھڑکی کے باہر اُداس سا چاند اونگھ رہا تھا۔ اُس کے پاس چند تارے خاموش ٹک ٹک اُسے ہی دیکھ رہے تھے۔ یہ کیا ہو گیا۔؟ آن ہی آن میں یہ کیا ہو گیا ---؟

ایک طویل سی سرد آہ کمرے کی فضا میں معلق ہو گئی۔

کلپنا سپنوں کی گود میں لڑھک گئی تھی۔ وہ اُس کے پاس چپ چاپ بے جان سی پڑی تھی۔ دل جانے کیوں اِس طرح ہو رہا تھا۔ لگتا تھا کہیں سے آنسو آ آ کر پلکوں کے کواڑ کھٹکھٹا رہے ہیں۔ گلا رُندھ سا رہا تھا۔ فضا اچانک اس

طرح اُداس ہو جائے گی کسے پتہ تھا؟

اُس نے دل ہی دل میں دونوں ہاتھ جوڑ لئے۔ "ہے بھگوان۔ یہ کیا ہو گیا۔؟ اتنی عجیب بات اس طرح اچانک کیسے ہو گئی؟ یہ کون جادوگر تھا جس نے اس طرح آکر دو دلوں میں ایک ہی گیت پھونک دیا۔؟ یہ کیا ہوا کہ ایک ہی جذبہ، ایک ہی بھاؤ، ایک ہی وقت میں اُن دونوں نے محسوس کر لیا۔ اُن کا تو کچھ بھی سانجھا نہ تھا۔ اُن کے مزاج میں تو زمین آسمان کا فرق تھا۔ کلپنا اتنی خوبصورت، اتنی مغرور، حکومت کی عادی۔ اور وہ۔ اُن کے گھر کی ایک داسی۔ کلپنا کے لئے اپنا آپ مٹانے والی۔ پھر اس طرح ایک ہی بات دونوں نے ایک ساتھ کیسے محسوس کر لی۔؟

کلپنا سو رہی تھی اور وہ جاگ رہی تھی۔

کلپنا سپنے دیکھ رہی تھی اور وہ ڈر رہی تھی۔

کلپنا کی آشاؤں کا پنچھی آکاش کی وسعتوں کو چھونے کے لئے مائل پرواز تھا اور وہ پنکھ ہین تھی۔

اتنا تضاد، اور اتنی یکسانیت!

اور یہیں پر اُس کہانی نے نیا موڑ لیا جو ابھی ابھی پیدا ہوئی تھی۔

وہ کیا کرے؟ آخر کیا کرے؟ کہاں چلی جائے کہ چیتن اس کا پیچھا نہ کرے۔ ایک آرزو کلپنا نے دل میں بسا لی ہے۔ روز چھپ چھپ کر اُسے بتاتی ہے۔ اُس کے گلے سے لپٹ جاتی ہے اور کہتی ہے۔ "ارچنا۔ وہ کتنے اچھے ہیں۔؟" وہ کانپ جاتی ہے۔ اُسے کیسے بتائے کہ بہت دن پہلے اُس نے بھی یہی ایک تمنا کی تھی اُس نے بھی اُسی آسمان کو چھونے کی بات سوچی تھی مگر اُس نے تو اس تمنا کو، اُس آرزو کو، اس سپنے کو، دل کی نچلی نچلی تہوں کے نیچے کہیں دبا دیا ہے۔ زندگی میں پہلی بار ان جانے ہی میں ایک دھڑکن پیدا ہوئی تھی۔ جسم کا نیا نغمہ۔ رُوح نے جاگ کر ایک خواب دیکھا تھا مگر اُس نے اس خواب پر تو اپنی آنکھیں بند کر لی ہیں۔ اس خواہش کو کہیں چھپا دیا ہے۔ اس سوچ پر تو اپنے ذہن کے سارے دروازے بند کر دینے کی کوشش کی ہے مگر یہ چیتن بار بار پھوس کے انبار کے نیچے دبی اس چنگاری کو کریدنے چلا آتا ہے۔

اس آرزو کو جگا جاتا ہے۔ وہ چیختی ہے۔ چلاتی ہے۔ کہتی ہے۔

"چیتن۔ مجھے کچھ نہ کہو۔ بھگوان کے لئے میرا راستہ چھوڑ دو۔ میرے سامنے نہ آؤ۔ مجھ سے پیار نہ جتاؤ۔ مجھے جینے دو چیتن۔ مجھے جینے دو۔" مگر چیتن بار بار اُس کے راستے میں آجاتا ہے۔ جتنا وہ اُس سے دُور بھاگنا چاہتی ہے اُتنا اُس کے قریب آجاتا ہے۔

چیتن نے اُس کا جینا دوبھر کر دیا ہے۔

وہ کلپنا کی خوشیوں کے لئے سب کچھ کر سکتی ہے۔

وہ کلپنا کی ایک ہنسی کے لئے جان تک قربان کر دے۔

مگر چیتن کچھ کرنے دے تب۔ اُسے کس طرح بے بس کر دیتا ہے۔ وہ لاکھ سوچتی ہے مگر اُس کے سامنے آتی ہے تو موم کی طرح پگھل جاتی ہے اور وہ اُسی طرح شریر آنکھوں سے اُسے دیکھتے ہوئے کہتا ہے۔ "ارچنا۔ تم ہی جیون ہو۔"

جتنا وہ دُور بھاگتی ہے چیتن اس کے قریب آتا جا رہا ہے۔

کلپنا کالج چلی جاتی ہے تو وہ آجاتا ہے۔

"ارچنا۔ ارچنا کہاں ہو۔؟" بے قراری سے وہ پکارتا رہتا ہے۔

وہ پیچھے نہیں آنا چاہتی مگر وجود کے ذرّے ذرّے سے اُس کی آوازیں ٹکراتی رہتی ہیں۔ "ارچنا۔ ارچنا۔"

وہ آجاتی ہے۔

وہ اس کے سامنے بیٹھ جاتی ہے۔

وہ اُسی طرح ہنستے ہوئے کہتا ہے۔ "تمہیں بہت پریشان کرتا ہوں نا۔

مگر کیا کروں؟ کام پر جانے سے پہلے اگر تمہیں ایک بار دیکھ نہ لوں تو کام کر ہی نہیں سکتا۔ سچ ارچنا۔ جانے کیا ہو گیا ہے کہ تم ہی میری طاقت بن گئی ہو۔ کام کرتے کرتے تھک جاتا ہوں تو تمہارے بارے میں سوچتا ہوں اور تب ایک دیا سا جل اُٹھتا ہے آنکھوں کے سامنے۔ تم مسکرا کر دیکھ لیتی ہو تو ساری تھکان دُور رہ جاتی ہے۔ جانے تم میں کیا ہے۔؟"

وہ کبھی ہنستی ہے۔ کبھی روتی ہے۔ اُسے دیکھتی رہتی ہے۔ اُسے پکارتی رہتی ہے۔ اس کی ان باتوں کا وہ کیا جواب دے۔؟

ایک بار اُس کا ہاتھ پکڑ لیا۔ کہا "میرے ساتھ چلو۔"

"کہاں۔؟" وہ چونک پڑی۔

"دفتر۔ اور کہاں۔ تم جانتی ہو بہت بڑا انجینیر ہوں۔ آج ایک نقشہ بنانا ہے۔ بن نہیں رہا۔ تم سامنے بیٹھ جانا میں فوراً بنا لوں گا۔"

"ہشت!" وہ ہنس پڑی۔

"اچھا ارچنا۔ جانتی ہو تم ہنستی ہو تو کیسے لگتی ہو۔؟"

"کیسے؟"

"لگتا ہے۔ بادلوں میں اندر دھنش چمک اٹھا ہو۔"

"تم تو پاگل ہو۔"

"ہاں سچ۔ سچ ارچنا۔ میں تو پاگل ہوں۔ تمہارے بارے میں اتنا سوچتا ہوں۔ دن رات سوچتا ہوں۔ کسی روز میرا دماغ چل نہ جائے۔"

"ایسی باتیں مت کیا کرو۔"

ایک روز کہنے لگا "ارچی - بس تو آج سے تمہیں ارچنا کی بجائے ارچی کہوں گا"
اُسے دیکھتے رہنے کے سوا کچھ نہ کہہ سکی -
"کیسے لگا یہ نام --؟"
جی چاہا کہہ دے بہت اچھا - اتنا اپنا پن تھا اس نام میں --!
جانے کیوں لگنے لگا تھا - اس کے اندر ہی سے کسی نے اُسے پکارا ہے -
کچھ کہا نہیں - چپ چاپ ہنس دی "آج کام پہ نہیں جاؤ گے کیا --؟"
"ارچی --" آنکھیں بند کر کے کہنے لگا - "آہ! ارچی - کتنا اچھا نام ہے -
کتنا اچھا لگ رہا ہے - کہتے ہوئے - ارچی - ارچی --"

یہ اس کے اگلے دن کی بات ہے -
ارچنا نے کہا "چیتن -- یہ سب جو تم کر رہے ہو اس کا انجام کیا ہوگا -
کبھی سوچا ہے --؟"

ہنس پڑا وہ "میں سوچا کم کرتا ہوں۔ کیا زیادہ کرتا ہوں۔ جانتی نہیں انجینیر ہوں۔ انجنیر۔"

"مگر چیتن۔ تم اتنے بڑے آدمی ہو۔ اتنے بڑے آدمی کے بیٹے ہو۔ اور میں اس گھر کے ٹکڑوں پر پلنے والی ایک داسی...... "

"یہی ایک بات تو مجھے پسند ہے تمہاری۔ تم اتنی خوبصورت ہو کہ کوئی دوسرا نہیں مگر ہر وقت دوسروں کے گن گایا کرتی ہو۔ جانتی ہو جو تمہیں ایک بار دیکھ لے اس کی آنکھوں کو اور کچھ اچھا ہی نہیں لگ سکتا۔"

اب وہ کیا کہے۔؟ دل ہر وقت سہما سہما سا رہتا ہے۔ اگر کسی کو کچھ پتہ چل گیا تو ہو گا کیا۔؟ یہ چیتن جانے اُسے کن راہوں کو گھسیٹے لئے جا رہا ہے۔

اس کے جانے کے بعد اس نے آنکھیں بند کر لیں۔ دھیرے سے کہا۔

"اب تو تم اتنی دور گھسیٹ لائے ہو کہ واپس جانا ناممکن سا لگتا ہے۔ اب تو جو ہو گا دیکھا جائے گا۔ جس راستے پر لے چلو گے آنکھیں بند کر کے چلتی چلو نگی چلتی چلوں گی۔ تمہیں اپنے پر اتنا وشواش ہے۔ اور میں تو تمہارے وشواش کے سامنے ایک تنکا ہوں۔ میری کیا بساط؟"

مگر اُسی رات ایک طوفان آگیا۔

کلپنا اُس کے کمرے میں آئی ۔ اُس کے پاس آئی ۔ اُس کے بستر پر آئی اور پھپھک پھپھک کر رونے لگی۔

"کلپنا ۔ کلپنا ـــــ" وہ بیقرار ہو اُٹھی ۔ اُس سے لپٹ گئی۔

"کلپنا ۔ کلپنا ـــ کیا ہوا کلپنا ـــ؟"

کلپنا روتی رہی ۔ اس کے آنسو ہی نہ رُکے ۔ ہچکیاں ہی نہ رُکیں ۔ جانے اُسے کیا ہو گیا تھا ۔ وہ تو اس طرح کبھی نہ روئی تھی ۔ اس طرح اتنی دکھی کبھی نہ ہوئی تھی ۔ کلپنا ۔ میری طرف دیکھ کلپنا ۔ میری بات تو سُنو ۔ بھگوان کے لئے چپ ہو جاؤ ۔ کلپنا ۔ کلپنا ۔ میری اچھی بہن ۔ میری اچھی سکھی ۔ میری طرف دیکھو ۔ میری طرف دیکھو ـــ"

"تم کیوں روئی تھیں ـــ؟"

"دیدی ! میں کیا کروں ؟ میں کیا کروں دیدی ؟ اب تو مجھ سے سہا نہیں جاتا ۔ وہ اتنا ظالم ہے دیدی ۔ اتنا کٹھور ۔ پتھر کی طرح ـــ......"

"کون ـــ؟ " اُس کا اپنا کلیجہ یہ سوال پوچھتے پوچھتے لرز اُٹھا ۔

"وہ ۔ دیدی ! وہ چیتن ۔ وہ میری پرواہ ہی نہیں کرتا دیدی اور میں

اس کے لئے سُلگ رہی ہوں۔ میں۔ میں دیدی۔۔۔۔۔۔۔۔"

"کلپنا۔ کلپنا۔" وہ اُسے اپنے ساتھ لپٹاتی گئی۔

"ہاں دیدی۔ اب میں اس کے بغیر نہیں رہ سکتی۔ نہیں رہ سکتی۔ میری ہر بات پر وہ چھا گیا ہے۔ جانے کیوں مجھے ایسا لگتا ہے کہ ہر جگہ ہر وقت وہ ہی وہ ہے۔ اُسی کا خیال رہتا ہے۔ اُس کی باتیں یاد آتی ہیں۔ اس کی آنکھیں اس کے بال۔ اس کی بے نیازی۔ دیدی۔ میں بہت آگے بڑھ چکی ہوں۔ کالج سے آتی ہوں تو سیدھی اس کے پاس جاتی ہوں۔ وہ روز میرے ساتھ جاتا ہے میرے ساتھ گھومتا ہے۔ مگر مجھ سے کتنی دُور رہتا ہے۔؟ اور میں۔ اب تو لگتا ہے دیدی کہ اس کے بغیر دنیا میں کچھ بھی نہیں۔ میری ہر کتاب، کتاب کے ہر صفحے ہر سطر میں وہ ہی وہ ہے۔ مجھ سے پڑھا نہیں جاتا۔ مجھ سے سویا نہیں جاتا۔ مجھ سے ہنسا نہیں جاتا۔ مجھ سے کھایا نہیں جاتا۔ میں کیا کروں دیدی۔؟ آج تک دنیا میں میں نے جس چیز کو چاہا، پالیا۔ اُسے نہیں پاسکی۔ اور اُسے نہ پاسکی تو میں مرجاؤنگی۔ میں مرجاؤنگی دیدی۔ میں زندہ نہ بچونگی۔ ہاں! کہے دیتی ہوں۔ زندہ نہ بچونگی۔"

وہ اسے اپنے ساتھ لپٹائے چپ چاپ سوئی ہے۔ باہر رات بے حد بھیانک ہے۔

تیز ہوائیں چل رہی ہیں۔

اندر کمرہ تاریک ہے۔

جانے کتنی رات بیت چکی ہے۔

کلپنا ابھی تک نیند میں سبک رہی ہے کبھی کبھی اس کا جسم کانپ جاتا ہے۔

ایک سسکی سی سنائی دیتی ہے۔

اور وہ جاگ رہی ہے۔ جاگ رہی ہے۔ آنکھیں پھاڑ پھاڑ کر اندھیروں کو دیکھ رہی ہے۔

اور اندھیرے ہر طرف ہیں۔ چاروں اور ہیں۔ اندھیروں نے اسے نگل لیا ہے۔ وہ کیا کرے؟ کیا کرے؟ ہے بھگوان! یہ کیسا عذاب ہے۔؟ یہ کیسا امتحان ہے؟ یہ کیسی آگ ہے؟ وہ اپنے آپ کو کیسے بچائے ان شعلوں سے ان لپٹوں سے۔

نہیں نہیں۔۔ وہ جھلس چکی ہے۔ وہ جل چکی ہے۔ وہ ان شعلوں کے ساتھ خود بھی دھڑ دھڑ جل رہی ہے۔ اور باہر اور اندر رات تاریک

ہے! — تاریک اور بھیانک — وہ کیا کرے؟ کیا کرے؟

اتنی تاریک جیون کی کوئی اور رات نہ تھی۔ اُس روز بھی نہیں جب ماں اچانک مر گئی تھی اور وہ بے سہارا دوسروں کے رحم و کرم پر رہ گئی تھی۔

ماں! ماں کو یاد کر کے وہ ناگاہ رو پڑی۔ ”ماں!

تم ہی بتاؤ میں کیا کروں —؟ میں کیا کروں ماں؟ کیا اپنے آپ کو مار ڈالوں؟ اپنے دل کو مسل ڈالوں؟ اُس بنگلے کے سامنے تو میری زبان کھل ہی نہیں سکتی پھر کیسے اُس سے یہ سب باتیں کہوں؟ کہیں چلی جاؤں؟ فرض اور محبت کی اس جنگ میں میں تو مِٹ جاؤنگی ماں — تباہ ہو جاؤنگی۔ فنا ہو جاؤنگی ماں۔ کیسے یہ سب کروں۔ تم مجھے کیوں اتنے امتحانوں میں چھوڑ کر چلی گئیں ماں —؟“

جانے کب صبح ہوئی! جانے کب افق سے سورج کی کرنیں پھوٹیں۔
انے کب کلپنا اپنے کمرے میں چلی گئی۔ یہ کیسی صبح تھی کہ اجالے داغدار
تھے۔ وہ اب اُٹھ کے کیا کرے۔؟ کس کے لئے اُٹھے۔؟ کیوں اُٹھے۔؟
ش اُسے اسی بستر پر بستر پہ لیٹے لیٹے موت آجائے کہ اُٹھنا نہ پڑے اور اُس کا
امنا نہ کرنا پڑے۔

کلپنا کالج چلی گئی تو وہ آگیا۔
"ارچی۔ کہاں ہو بھئی۔؟"
وہ جب اُس کے سامنے آئی تو وہ چونک پڑا۔ ناگاہ چونک پڑا۔
لپک کر اُس کے پاس آگیا۔" ارے! کیا ہوا؟ کیا ہوا تمہیں؟
رات ہی رات میں کیا ہو گیا؟"
چپ چاپ بیٹھ گئی۔" بیٹھو چیتن۔ تم سے بہت سی باتیں کرنی ہیں۔"
"تمہاری طبیعت تو ٹھیک ہے نا؟" وہ ششدر سا اسے دیکھتا رہا۔

"چیتن۔ بیٹھ جاؤ۔ یہاں میرے سامنے۔ اور میری بات سنو۔"

"کہو۔"

"تم مجھ سے بہت پیار کرتے ہو نا۔۔؟"

"ہاں۔ بے حد۔"

"پیار کے معنی جانتے ہو۔؟"

"ہاں۔ جانتا ہوں۔ پیار میری پوجا ہے۔ میری زندگی ہے۔ میرا جیون ہے۔۔۔۔۔"

وہ ایک لمحہ کے لئے لرز اٹھی۔ پھر ہمت مجتمع کر کے کہنے لگی۔ "اور اگر میں یہ کہہ دوں کہ تمہاری پوجا غلط ہے۔ سب کچھ غلط ہے تب۔۔؟"

"تب میں کہوں گا تم جھوٹ کہہ رہی ہو۔ پیار اتنی بڑی سچائی ہے اتنا کہ اس سے بڑی کوئی اور سچائی نہیں۔"

"اچھا میں یہ کہہ دوں کہ میں تم سے پیار نہیں کرتی۔ تب۔۔؟"

"تم پھر جھوٹ کہہ رہی ہو۔ پیار ایک بندھن ہے۔ پیار زبان سے کہنے کی چیز نہیں، محسوس کرنے کے جذبے کو پیار کہتے ہیں۔"

"تم سمجھتے کیوں نہیں چیتن۔" وہ پھپھک پڑی۔ اس نے دونوں ہاتھوں سے اپنا چہرہ چھپا لیا۔ "تم میری مجبوریوں کو کیوں نہیں سمجھتے۔"

"تمہاری کوئی مجبوری نہیں۔ تمہاری صرف ایک مجبوری ہے کہ تم احساسِ کمتری میں مبتلا ہو۔"

"نہیں چیتن نہیں۔ یہ بات نہیں۔ آج ایک بہت بڑی دیوار میرے

سامنے آکھڑی ہوئی ہے جس نے میرے راستے کو بالکل پاٹ دیا ہے"۔

"میں ایسی ساری دیواروں کو گرادوں گا ارچی۔ ان سماج کی دیواروں کو۔ اونچ نیچ کی دیواروں کو، پرانے فرسودہ رسومات کی دیواروں کو۔۔"

"مگر اس دیوار کو تم نہیں گرا سکتے چیتن۔ یہ میرے فرض کی دیوار ہے۔!"

"اور کون سا فرض ہے وہ؟" ابرو تن گئے۔

"کلپنا۔۔!" ارچنا نے جواب دیا۔

"کلپنا۔۔؟" چیتن بے قراری سے ٹہلنے لگا۔ "کلپنا۔ کلپنا۔۔"

وہ بار بار مٹھیاں بھینچنے لگا۔ "کلپنا۔۔"

"ہاں کلپنا۔" وہ ناگاہ اس کے سامنے آگئی۔ "کلپنا۔ وہ تم سے پیار کرتی ہے چیتن۔ بے حد پیار کرتی ہے۔"

"مگر میں تو نہیں کرتا اس سے پیار۔ میری منزل تو تم ہو۔ تم ہو ارچی۔"

وہ چیخ اٹھا۔ "بھگوان کی قسم ارچی۔ اس دیوار کو بھی میں گرادوں گا۔ کلپنا کو کوئی حق نہیں ہمارے راستوں میں آنے کا۔"

"نہیں چیتن۔ تم اس دیوار کو نہیں گراؤ گے۔ کیونکہ اس دیوار میں سارے سماج کی بنیادیں ہیں۔ ساری انسانیت کی بنیادیں ہیں۔ شرافت، احسان مندی، اور جانے کون کون سی بنیادیں ہیں۔ میرے پاس جو کچھ ہے اس گھر کا ہے۔ کلپنا کا ہے۔ سمجھے۔ میں پیار کرتی ہوں۔ اس لئے تیاگ سکتی ہوں۔ تم تیاگ کرنا نہیں جانتے۔ تو پیار کیسا۔۔؟"

"ارچی۔۔" وہ چیخ اٹھا۔ "میرے پیار کو اتنی بڑی گالی نہ دو۔ میں میں

مجھے اتنا مجبور نہ کرو۔"

"تمہیں کلپنا کو اپنانا ہوگا۔ مجھے نہیں۔ چیتن۔ کلپنا کو اپنانا ہوگا۔ مجھے نہیں۔ تمہاری منزل کلپنا ہوگی، میں نہیں۔"

"نہیں —" وہ غصے سے چیخ اٹھا۔ "نہیں —" وہ تیزی سے باہر نکل گیا "نہیں ارچی۔ نہیں —" دیر تک اس کی آوازیں سنائی دیتی رہیں۔

اور ارچنا روتی رہی۔ روتے روتے کہتی رہی۔ "اور تم کلپنا کو اپنالو چیتن اس دیوار کے مابین میری لاج ہے۔ میری عزت ہے۔ میری مریادا ہے۔ میری ماں کا وچن ہے۔ میرا فرض ہے۔ تم کلپنا کو اپنالو چیتن۔ مجھے بھول جاؤ تم کلپنا کو اپنالو چیتن —"

سارا دن وہ بلکتی رہی۔ ساری رات وہ بلکتی رہی۔" مجھے بھول جاؤ میرے محبوب۔ مجھے بھول جاؤ میرے محبوب۔ اب کبھی مجھے اڈیک نہ بلانا۔ اب کبھی مجھے ڈھونڈنے نہ آنا۔ اب کبھی مجھے اپنی اور نہ کھینچنا۔ میں تیری یاد کے سہارے سارا جیون بتا دوں گی مگر اس دیوار کو پار کرنا میرے بس کی بات نہیں۔ مجھ سے کوئی گلہ نہ کرنا۔ تم تو بڑے آدمی ہو۔ کلپنا تمہارے برابر کی ہے۔ دیکھو تو، وہ مجھ سے کتنی سندر ہے۔ اس اتنی ساری دولت کی مالک۔ اتنے بڑے باپ کی اکلوتی بیٹی۔ اسے میں اپنے ہاتھوں سے سجاؤں گی۔ اپنے ہاتھوں سے سجاؤں گی۔ اپنے ہاتھوں سے دلھن بناؤں گی۔ اور ایک دن تم ڈولی میں بٹھا کر اسے لے جانا۔ دور۔ بہت دور۔ وہ تمہارے جیون کو سورگ بنا دے گی۔ اور میں۔ میرے پاس رکھا ہی کیا ہے؟ کانٹے ہی کانٹے۔ اندھیرا ہی اندھیرا۔۔۔۔"

مگر یہ پگلا چیتن نہیں مانتا۔ بار بار ضد کرتا ہے۔ بار بار اسے بلاتا ہے اگلی ہی صبح آ گیا۔ پاگلوں کا سا حلیہ بنائے اسے بلانے لگا۔

اُسے اُمید تھی، وہ آئے گا۔ جانے کیوں اُمید تھی؟ اور اب جب وہ آگیا
وہ اپنے دروازے کے کواڑ کی آڑ میں دبک گئی۔
وہ بلاتا رہا، وہ نیچے نہ آئی۔
"ارچی۔ ارچی۔" دیر تک لافانی محبت کے یہ دو لفظ اُسے پکارتے رہے
وہ مضبوطی سے دروازے کا کواڑ پکڑے کھڑی رہی۔
رامو سے کہلا دیا وہ گھر نہیں ہے۔
چیتن نے ایک بار اوپر دیکھا۔ اس کے قدم سیڑھیوں کی طرف بڑھے
پھر نہ جانے کیوں وہ رُک گیا۔ ہونٹ مضبوطی سے بھینچ لئے اور باہر کی طرف مُڑ گیا۔

اُسی شام جب کلپنا چیتن کے پاس گئی تو اس نے صاف صاف اُسے
کہہ دیا کہ وہ اُس کی منزل کلپنا نہیں ارچنا ہے۔
اُسی رات کلپنا ایک زخمی ناگن کی طرح پھنکارتی اُس کے سامنے آ کھڑی
ہوئی۔ "تو ارچنا۔ وہ تم ہو جو میرے پیار کے راستے میں دیوار بن کر کھڑی ہو!"
"نہیں کلپنا مجھے غلط نہ سمجھو۔ میں دیوار نہیں۔ میں تمہارے راستے کی دیوار
نہیں۔"
کلپنا نے نفرت سے ہونٹ سکوڑے۔ "ارچنا۔ اس سے پہلے کہ تم چیتن کی اور

دیکھتیں اپنی اُڑان تو دیکھ لی ہوتی !۔"

"کلپنا۔" وہ بے بسی سے کہتی رہی۔

"مگر اب تم کان کھول کر سُن لو ارچنا۔ تم اِس گھر کی نوکرانی ہو۔ اس گھر کے ٹکڑوں پر پلی ہو اور وہ اس گھر کا داماد ہے ہاں ہاں۔ اُسے اس گھر کا داماد بننا ہی پڑے گا۔"

"کلپنا۔ میں تو تمہارے راستے میں نہ کبھی آئی تھی نہ کبھی آسکتی ہوں۔ میرا تمہارا کیا مقابلہ۔" (آنسو) "میں نوکرانی ہوں اور تم رانی۔"

کلپنا نے زمین پر پیر پٹک کر کہا "اور وہ بے وقوف کہتا ہے کہ تم مجھ سے زیادہ خوبصورت ہو !۔ ارچنا۔ اگر تمہاری خوب صورتی میرے راستے میں آئی تو میں اُسے بھی جلا ڈالونگی۔ یہ کان کھول کر سُن لو۔"

"میری بات تو سُنو کلپنا۔ میں خود تمہارے لئے۔۔۔۔۔۔۔۔۔۔"

"تم میرے لئے کیا کرو گی ؟" وہ آواز کی پوری شدت سے چیخ اُٹھی۔ "میں خود اپنا راستہ بنانا جانتی ہوں۔ میں خود دیواروں کو اپنی ٹھوکروں سے گرانا جانتی ہوں۔ تمہاری بھلا کیا بساط ۔! وہ میرے ہاتھ سے نہیں نکل سکتا۔ میں اُسے پا کے رہونگی۔ آج تک میں نے کبھی ہار نہیں مانی اب بھی میں ہارونگی نہیں ارچنا۔ وہ میرا ہے۔ میرا۔ صرف میرا۔ صرف میرا۔۔۔۔"

ارچنا کیا کرے؟ ارچنا تو ایک لُٹی ہوئی بہار ہے۔ ارچنا تو کیچڑ میں پڑا ایک پھول ہے۔ کلپنا! کاش تو اُس دل کو چیر کر دیکھ لیتی جس میں تیرے لئے اتنا پیار ہے تمہیں تو صرف اپنی امارت پر ناز ہے۔ تمہیں تو اپنے حُسن پر ناز ہے۔ مگر یہ یاد رکھو اگر تم جیت بھی گئیں تو یہ میرے کارن ہوگا۔ صرف میرے کارن۔......

ارچنا اب چیتن سے بالکل نہیں ملتی۔

چیتن نے کتنی ہی بار اُس کے سامنے آنے کی کوشش کی وہ ٹال گئی۔ چیتن بھی اب وہ چیتن نہیں رہا۔ وہ ہر وقت ہنسنے والا چہرہ اب غم کے بادلوں سے ڈھکا رہتا ہے۔ وہ جانتی ہے چیتن کے لئے اُسے بھولنا کتنا مشکل ہے؟ مگر اب اُس کے

جیون اور کلپنا کے جیون کے لئے یہ ضروری ہے کہ چیتن اپنے زخموں کو بھول جائے۔ اور خود وہ ۔۔۔۔۔ اُس کا کیا ہے؟ وہ تو ایک کلی ہے۔ جیون میں ایک بار کسی کو چاہا۔ ایک بار کسی کو چاہا۔ ایک بار کلیجے میں کسی کو بسایا۔ اُسے اپنا دیوتا کہا۔ دل کے پردے پر اب اُس کے قدموں کی چھاپ ہے۔ دو قدم ہیں وہ انکی ہی پوجا کرتی ہے۔ ساری زندگی پوجا کرتی رہے گی۔

پیار ایک پوجا ہی تو ہے!!

دن گزرتے جا رہے ہیں۔ سست گامی سے۔ آہستہ آہستہ رینگ رہے ہیں۔ اس نے اپنے آپ کو ان دیواروں کے مابین قید کر لیا ہے۔ کلپنا بھی اب بہت کم دکھائی دیتی ہے۔ وہ صبح کالج جاتی ہے۔ کالج سے آتی ہے تو باہر چلی جاتی ہے۔ جانے کب لوٹتی ہے۔ جانے کب سوتی ہے۔ اُسے کچھ پتہ نہیں دونوں کا بہت کم آمنا سامنا ہوتا ہے۔ وہ خود اُس کے سامنے آنے سے کتراتی ہے۔ اس کی غیر موجودگی میں اس کی ضرورت کی ہر چیز چپ چاپ اُس کے کمرے میں پہنچا دیتی ہے۔

وہ ایک پرچھائیں بن گئی ہے۔ کسی سے کچھ نہیں کہتی۔ چپ چاپ جیے جاتی ہے۔ جئے جاتی ہے۔

چیتین کا بھی اب کچھ پتہ نہیں چلتا۔ کئی دنوں سے اُسے دیکھا نہیں وہ کتنی ہی بار آ آ کر لوٹ گیا ہے تو اب آتا ہی نہیں۔ کیا خالی دیواروں سے سر پھوڑے؟ اب تو کتنے دنوں سے اُس کی آواز بھی نہیں سُنی۔ کان ترس گئے ہیں ان قدموں کی چاپ کے لئے وہ آتا تھا۔ کہتا تھا۔

"ارچی۔ کہاں ہو بھئی۔" ہائے! اب تو کوئی بھی بُلانے نہیں آتا۔ اب تو کوئی بھی ارچی نہیں کہتا۔ اب تو ہوائیں بھی اس بول کی مٹھاس کو بھول گئی ہیں۔ وہ بڑی دیر تک کبھی کبھی اُسی جگہ بیٹھی رہتی ہے جہاں وہ آکر کھڑا ہوتا تھا اور اُسے بُلاتا تھا۔ ارچی۔ ارچی۔ کبھی کبھی اپنے رخسار اُسی ٹھنڈی زمین پر رکھ دیتی ہے جہاں اس کے قدم پڑتے تھے۔ محسوس ہوتا ہے دھرتی میں اُس لفظ کی بو باس ہے۔ دل دھڑک دھڑک اٹھتا ہے ارچی۔ ارچی۔ کبھی کبھی راتوں کو دیوانوں کی طرح اٹھ اٹھ کر نیچے اُتر آتی ہے لگتا ہے وہ آیا ہے۔ ہائے! وہ وہاں کھڑا اُسے بُلا رہا ہے اور وہ سو رہی ہے۔؟ بھاگتی ہے۔ بھاگ کر آتی ہے مگر وہاں رات کے سائے ٹہل رہے ہوتے ہیں۔ وہیں بیٹھ کر روتی ہے۔ خوب روتی ہے۔

اور اُس کے آنسو نہیں ختم ہوتے۔

اور دن گزرتے جا رہے ہیں۔ ایک کے بعد ایک۔ ایک کے بعد ایک۔

اور پھر اچانک وہ طوفان ۔ ....

رات کا کھانا تیار کر کے وہ ابھی کمرے میں آئی تھی کہ نیچے ٹیلیفون کی گھنٹی بجنے کی آواز سنائی دی۔

ڈیڈی آج دفتر سے جلدی لوٹ آئے تھے ۔ صوفے میں دھنسے اخبار پڑھ رہے تھے اور کلپنا کے آنے کی راہ تک رہے تھے ۔ کلپنا نے جانے کیوں آج دیر کر دی تھی۔ شاید اس کے کالج میں کوئی فنکشن تھا۔ وہ آتی تو کھانے کی میز لگتی۔

اُس نے سوچا شاید کلپنا آ گئی ہے یا اُس کا کوئی پیغام آیا ہے۔

تبھی اچانک نیچے کچھ شور سنائی دیا اور ڈیڈی چلا اُٹھے۔

"ارچنا۔ ارچنا ۔ !"

وہ گھبرا گئی۔ تیزی سے نیچے کی اور دوڑی۔

"ارچنا۔" ڈیڈی بوکھلائے ہوئے تھے۔ "ارچنا ۔ جلدی کرو۔ کلپنا ہسپتال

میں ہے۔"

"ہسپتال میں۔" اس کا دل دھک سے رہ گیا۔

"ہاں! چوہدری صاحب کا فون تھا۔ چیتن اور کلپنا کہیں سے آ رہے تھے۔ کہ اُن کا ایکسیڈنٹ ہو گیا۔ چیتن کی لال کار ٹکڑے ٹکڑے ہو گئی ہے۔ وہ کسی بس کو، اوورٹیک کر رہا تھا کہ کار بس کی زد میں آ گئی اور لڑھکتی ہوئی کھڈ میں جا گری۔ چوہدری صاحب رو رہے تھے۔ وہ ہسپتال پہنچ چکے ہیں۔ دونوں کی حالت بہت خراب ہے۔"

خود اُن کی کار بہت تیز چل رہی تھی مگر ڈیڈی بار بار ڈرائیور سے کہہ رہے تھے۔ "جلدی چلو ڈرائیور۔ اور جلدی۔ اور جلدی۔ ہائے میری بچی۔ میری کلپنا۔"

اُس کا کلیجہ مُنہ کو آ رہا تھا۔ چیتن اور کلپنا۔ کلپنا اور چیتن۔ جانے کیا ہو رہا تھا کہ لگتا تھا جسم سے سارا خون کسی نے نچوڑ لیا ہے۔ ہائے! کیا ہو گیا؟ اچانک کیا ہو گیا۔؟

اُس نے مضبوطی سے آنکھیں بند کر کے سر بیٹ پر ڈھلکا دیا تھا۔ آنسو بار بار گلے میں پھنس رہے تھے۔ بار بار چیتن آنکھوں کے سامنے آ جاتا تھا۔ اُس کا چیتن اُس کا اپنا چیتن۔ جس نے اُس سے اتنا پیار کیا جس کو اُس نے اتنے دُکھ دیئے؟ ہائے! اُس کا دیوتا اُس کے جیون کا سب کچھ — چیتن — ......

دونوں نے ہسپتال کے لانبے برآمدوں کو تقریباً بھاگتے ہوئے پار کیا۔ سامنے "ایمرجنسی وارڈ" میں ایک پلنگ پر لیٹی تھی کلپنا۔ اس کے گرد کتنے

ہی ڈاکٹر تھے ۔ آکسیجن لگا دی گئی تھی ۔ جگہ جگہ پٹیاں باندھ دی گئی تھیں ۔ اُس کی آنکھیں بند تھیں ۔ چہرہ زرد تھا ۔ پہچانی ہی نہ جاتی تھی ۔ لگتا تھا کلپنا نہیں کوئی اور ہے ۔ اُس کی کلپنا تو بے حد مغرور، بے حد حسین تھی ۔ یہ کون ہے جو اس طرح مجروح اس بستر پر بے سُدھ لیٹا ہے ۔

اُس کا دل ڈوبنے سا لگا ۔

آنسوؤں سے چھلچھلاتی آنکھیں کلپنا کے چہرے پر گڑی رہیں ۔ ہونٹ کپکپاتے رہے "کلپنا ۔ کلپنا ۔ یہ تمہیں کیا ہو گیا ۔ کیا ہو گیا ۔۔ ؟"

ماں نے کہا تھا "کلپنا تمہاری بہن ہے ۔ اُس کا دھیان رکھنا ۔"

اور آج وہی کلپنا اس طرح روٹھی روٹھی سی بستر پہ پڑی تھی اور وہ کچھ نہ کر سکتی تھی ۔

تبھی ناگاہ وہ چونک پڑی چیتن ۔۔ ؟ چیتن کہاں ہے ؟

اُس نے آس پاس دیکھا ۔ ڈیڈی کمرے کے باہر کھڑے تھے ۔ پاس ہی چوہدری صاحب کھڑے تھے ۔ دونوں کے چہرے سوکھ گئے تھے ۔ اور بھی بہت سے لوگ متفکر چہروں سے خاموش کھڑے تھے ۔

ڈیڈی اُسے اپنی اور دیکھتے پا کر پاس آ گئے ۔

"کلپنا تو اب ٹھیک ہے ارچنا مگر چیتن ــــ ...."

وہ پتھرائی اُن کا چہرہ دیکھتی رہی۔

"وہ آپریشن تھیٹر میں ہے۔ اُس کی حالت بہت خراب ہے۔ ڈاکٹر اُس کی زندگی بچانے کے لئے سرتوڑ کوشش کر رہے ہیں۔ پتہ نہیں کیا ہو۔"

اس نے مضبوطی سے دیوار کو پکڑ لیا۔ اب گری کہ تب گری۔ لگا وہ زندہ ہی نہیں۔ دل کی دھڑکن ناگاہ تھم گئی ہے۔ سانس کا آنا بند ہو گیا ہے۔ کچھ دکھائی نہیں دے رہا۔ آنسوؤں نے گلا گھونٹ دیا ہے۔ لاکھوں چیخیں حلق میں آکر دھنس گئی ہیں۔ وہ رونا چاہتی ہے۔ چیخیں مار مار کر رونا چاہتی ہے۔ وہ اُسے دیکھنا چاہتی ہے۔ اُسے دیکھنا چاہتی ہے۔ جو ساری دنیا سے زیادہ اُس کا اپنا ہے۔ ورنہ دنیا میں اس کا ہے کون؟ نہیں نہیں۔ اُسے کچھ نہیں ہو سکتا بھگوان۔ یہ کیسا انیائے ہے؟ اس لئے تو اس نے اس کا تیاگ نہ کیا تھا۔ وہ تو سمجھتی تھی۔ دیوتا کے چرنوں میں اُس نے اپنی آرتی کے طور پر کلپنا کو چڑھا دیا اور سارا جیون اس دیوتا کی آرادھنا کرتی رہے گی۔ مگر یہ کیا۔ دیوتا اس سے چھن جائے گا؟ نہیں۔ نہیں۔ وہ چیخ چیخ کر سارے زمانے کو بتانا چاہتی ہے نہیں۔ نہیں۔ اُسے کچھ نہیں ہوگا۔ "وہ ویسے ہی ہنسے گا۔ ویسے ہی ہنسے گا۔ ویسے ہی کہے گا۔ "ارچی۔ ارچی۔"

کاش! کوئی تو اس کی خبر لے آئے! کوئی اُسے اس کے پاس جانے دے۔ اپنے سارے آنسو وہ اُس کے قدموں میں بہا دے گی اور رو رو کر کہے گی۔ "مجھے معاف کر دو۔ میں نے تمہیں بہت دکھ دیئے۔ مجھے معاف

کر دو۔ ویسے ہی ہنس دو۔ ویسے ہی ایک بار ارچی کہو۔"

ہاں! وہ اپنی جیون کی بازی لگا دے گی۔ موت اُس کا کچھ نہیں بگاڑ سکتی۔ کوئی اس کا کچھ نہیں بگاڑ سکتا۔ وہ اُس کا ہے۔ وہ اُس کا ہے۔

کلپنا۔ کلپنا۔ دیکھو۔ دیکھو تو تم نے کیا کر ڈالا۔ اپنی ضد میں تم نے کیا کر ڈالا کلپنا۔ اب اس طرح آنکھیں بند کئے بے خبر لیٹی ہو۔ جیسے تمہیں کچھ پتہ ہی نہ ہو۔ کیا اس لئے دیا تھا میں نے اُسے تمہیں؟ کہ میری امانت کا یہ حال کر ڈالو۔ ضدی۔ بے وقوف لڑکی تم نے مجھے کہیں کا نہ چھوڑا۔ میں نے ہمیشہ تمہیں اپنا سب کچھ دیا اور تم نے میری آخری پونجی تک چھین ڈالی۔ اب دو۔ اب دو مجھے میرا محبوب۔

کلپنا آنکھیں بند کئے لیٹی رہی۔

سبھی لوگ دم سادھے کھڑے رہے۔

ارچنا ایک مجسمے کی طرح خاموش سب دیکھتی رہی۔

تبھی اچانک نہ جانے کتنی آوازوں نے۔ نہ جانے کتنی چیخوں نے آسمان سر پر اٹھا لیا۔ کلیجے دہل دہل گئے۔ چودھری صاحب پچھاڑ کھا کر گر پڑے ڈیڈی دھاڑیں مار کر رو اُٹھے۔ اور ارچنا......

ارچنا مجسمے کی طرح اکڑ گئی۔ نہ ہل سکی، نہ چل سکی۔ نہ رو سکی۔ نہ کسی سے کچھ کہہ سکی۔ نہ اُس کے کان۔ کچھ سُن سکے۔ نہ آنکھیں کچھ دیکھ سکیں۔

اور ایک لاش کو سفید چادر سے ڈھک کر نہایت توقیر سے باہر لایا گیا۔ چیتن چل بسا۔ چیتن چل بسا۔ ہر آنکھ چھلچھلا اُٹھی۔ چیتن کو کوئی نہ بچا سکا۔

بالکل اُس کے پاس اُس کے شریر کو رکھا گیا۔

اور چہرے پر سے کسی نے چادر ہٹالی۔

دیوتا نے آنکھیں بند کر لی تھیں۔

وہ اب بھی مسکرا رہا تھا۔

لگتا تھا۔ ابھی کہہ دے گا۔ "ارچی ــــ"

لگتا تھا۔ ابھی اُٹھ پڑے گا اور ارچنا کے گلے میں بانہیں ڈال دے گا۔

لگتا تھا۔ سپنے دیکھ رہا ہے۔ جھوٹ موٹ آنکھیں بند کئے ارچنا کو تنگ کر رہا ہے۔

لگتا تھا۔ ارچنا سے روٹھا ہے۔

تبھی کسی نے اُس خوبصورت چہرے کو چادر کی سپیدی سے ڈھک دیا۔

اور وہ پھٹ پڑی۔ ایک طوفان کی سی طرح پھٹ پڑی۔ "نہیں ــ"

ایک طویل چیخ ماحول میں گونجی۔

اب سبھی خاموش تھے صرف اُسی کی چیخ دیواروں کو ہلا رہی تھی۔

"نہیں ــ !" اُس نے بلک بلک کر کہا اور وہیں اُس کے قدموں کے پاس بے دم سی جا گری۔

کلپنا دھیرے دھیرے اچھی ہوتی گئی۔
مگر وہ بہت دنوں تک بستر سے نہ اٹھ سکی۔

کلپنا کے شریر پر زخم تھے۔ سبھی کو دکھائی دیتے تھے۔ مگر اس کی آتما لہولہان تھی۔ کون دیکھ پاتا؟

اب زندگی میں بچا ہی کیا تھا؟ وہ کیوں جیئے۔۔؟ کس کے لئے جیئے۔ دنیا کتنی مطلبی ہے۔ مطلبی اور جھوٹی اور خود غرض۔۔۔۔۔۔

کلپنا نے جب آنکھ کھولی تو پوچھا تھا۔ "دیدی کہاں ہے؟"

کلپنا جب اچھی ہوئی تو اس نے اسے بلا لیا۔ وہ اب کلپنا کے سامنے کبھی نہ آتی تھی۔ ان کا اب رشتہ ہی کیا۔۔؟ وہ تو ایک نوکرانی ہے جتنی اسع اس کی خدمت کرتی ہے اور بس۔۔۔۔۔۔

کلپنا نے کہا۔ "دیدی! بیٹھ جاؤ۔"

وہ چپ چاپ بیٹھ گئی۔

کلپنا نے روہانسی ہو کر کہا" ۔مجھے معاف نہ کر سکو گی۔؟"

اُس نے نظریں اُٹھا کر اُسے دیکھا۔ وہ رو رہی تھی۔

کلپنا چند لمحے چُپ رہی ۔پھر کہا۔ مجھے معاف کر دو۔ اب یہ بوجھ مجھ سے برداشت نہیں ہوتا۔"

اُس نے کوئی جواب نہ دیا۔ آنکھیں جھکائے چُپ چاپ بیٹھی رہی

"یہ غم صرف تمہارا نہیں ہے دیدی ۔یہ غم تو میرا بھی ہے ۔میں اُس کی سزا بھگت رہی ہوں ۔مجھے اور سزا نہ دو۔"

اُس نے پھر بھی کوئی جواب نہ دیا۔

تبھی کلپنا بھبک اُٹھی ۔میں نے اُسے مار ڈالا ہے نا؟ میں نے اُسے تم سے چھین لیا ہے نا۔؟ پھر تم اس طرح چُپ چاپ کیوں ہو۔؟ مجھے سزا کیوں نہیں دیتیں۔؟ دو۔ دو۔ مجھے اس کی سزا دو ۔ اچھا۔ دیدی۔ مجھے مار ڈالو۔ مگر اس طرح چپ چاپ نہ بیٹھو۔"

وہ رونے لگی۔ زور زور سے رونے لگی۔

"دیدی!" کلپنا اُس کی گود میں لڑھک گئی" تم میری دیدی ہو۔ تم نے ہمیشہ اپنا سب مجھ پر قربان کر دیا۔ ہم دونوں کا بچپن ایسے ہی تو بیتا۔ پھر اب تم نے مجھے کیوں منع کیا تھا۔؟ بولو۔ مجھے کیوں روکا تھا۔؟ تم نے خود ہی تو مجھے نندی بنایا۔ خود سر بنایا۔ اور اب جب میرا کردار ایسا بن گیا تو میرے راستے میں دیوار بن کر آنا چاہا۔ بتاؤ! میں کیا کرتی۔؟ میں کیا کرتی؟ میں کیسے یہ برداشت کرتی۔ کہ تم سے ہار جاؤں۔ تمہاری ہی ضد میں میں نے اُسے

حاصل کرنا چاہا۔ میں نے اُسے تمہیں ہرانے کے لئے ہی حاصل کیا تھا دیدی۔ کھونے کے لئے نہیں۔ کھونے کے لئے نہیں۔ میں جانتی نہ تھی تم اس سے اتنا پیار کرتی ہو۔ سچ دیدی! اب سب محسوس ہوتا ہے اُس وقت تو میں اندھی تھی کچھ سمجھ نہ پائی۔ کچھ جان نہ سکی۔ پر اب سب سمجھتی ہوں۔ وہ بھی تم ہی سے پیار کرتا تھا۔ ہاں ہاں دیدی۔ ساری عمر میں اس ہار کو بھول نہ پاؤنگی۔ وہ مجھ سے نہیں تم ہی سے پیار کرتا تھا۔ تم نے اُسے مجھے اپنانے کا حکم دیا تھا اس لئے اس نے اپنا آپ مجھے سونپ دیا اور میں سمجھی میں جیت گئی نہیں دیدی۔ میں تو بُری طرح ہار گئی ہوں۔ جیت تم گئی ہو۔ جیت تم گئی ہو۔ میں نے اُسے پا کے بھی کھو دیا۔ تم نے اُسے کھو کے بھی پا لیا۔ وہ تمہاری آتما میں سدا امر رہے گا اور میں ہمیشہ اپنی ہار پہ شرمندہ سی نہ اس کو یاد کر سکونگی نہ تمہیں اپنا چہرہ دکھا سکونگی۔ مجھے معاف کر دو۔ تو شاید یہ بوجھ سینے سے اُتر جائے گا۔ اب مجھ سے یہ سب برداشت نہیں ہوتا دیدی۔ بھگوان کے لئے مجھے کلیجے سے لگا لو۔ اپنے ساتھ سُلا دو۔ میرے سر پر اُسی پیار سے ہاتھ پھیرو۔ اور میری بات سُنو۔"

ارچنا نے کلپنا کو گلے سے لگا لیا۔

دونوں بہت دیر تک روتی رہیں۔ اُس کو یاد کرکے روتی رہیں۔ جو اتنے غم دے گیا۔

پھر دونوں نے ایک روز اپنے آنسو پونچھ ڈالے۔ ارچنا اپنے کاموں میں مصروف ہوگئی اور کلپنا اپنی زندگی میں ڈوب گئی، کالج، پڑھائی اور کتنے ہی ساتھی۔ کتنے ہی مشغلے۔......

دنیا کتنی جلد سب بھول جاتی ہے۔

مگر ارچنا کے دل سے اُس کی یاد نہ گئی۔ اُس نے جو جگہ پائی تھی دل کے جس آسن پر وہ براجمان تھا وہ تو ان دنیاوی جھنجٹوں سے بہت اوپر اوپر کہیں تھا۔

وہ چپکے چپکے اُس کی پوجا کرتی۔

مگر کلپنا نے یہ بھی نہ کرنے دیا۔ اُس ناگن نے اُس کی پوجا کو بھی زہر آلود کر دیا۔

ایک ایسی ہی طوفانی رات تھی۔ کلپنا دامن میں شرارے بھر کر آئی۔ ارچنا کے دروازے کو دھکا دے کر کھولا۔ اور نفرت سے پھنکارتی ہوئی بولی۔

"اب تم ہی بتاؤ میں کیا کروں — ؟"

"کیوں کلپنا کیا ہوا؟"

"تمہارے اُسی دیوتا کے کارن آج مجھے بھی مرنا ہوگا —"

"کلپنا" وہ چیخ اٹھی "کیا کہہ رہی ہو تم — ؟"

"سچ کہہ رہی ہوں ارچنا۔ آج میری زندگی میں زہر ہی زہر بھرا ہے۔ اس زہر کے کارن میرا سارا وجود جھلسا جا رہا ہے۔ میں اس زہر کو برداشت نہ کر سکونگی۔ میں کیا کروں — ؟ ہائے میں کیا کروں — ؟"

وہ اُس کے بستر پر اوندھی جا گری، اور دھاڑیں مار مار کر رونے لگی۔

"کلپنا- کلپنا- آخر ہوا کیا -؟"

"یہ پوچھو کہ کیا نہیں ہوا؟"

"کچھ بتاؤ تو -"

"سُن سکو گی؟" کہنیوں کے بل اٹھ کھڑی ہوئی- جیسے ایک ناگن پھن پھیلاتی ہے- آنکھوں میں شرارے بھر کر طنز سے پوچھا "سن سکو گی -؟"

"کیوں؟ ایسی کون سی بات ہے جسے میں سُن نہیں سکونگی -"

"ہے ایسی بات- بہت بھیانک -" وہ روتے روتے ایک ڈراؤنی ہنسی اپنے ہونٹوں پر گھسیٹ لائی -

"بتاؤ کیا بات ہے -" وہ تن کر کھڑی ہو گئی "میں ہر بات سُننے کے لئے تیار ہوں -"

کلپنا اُٹھی- اُس کے سامنے بیٹھ گئی- اُس کی طرف دیکھتی رہی پھر اچانک کہا "میرے پیٹ میں بچہ ہے -"

"کلپنا!" وہ یکبارگی چیخ اٹھی- اُس کی مٹھیاں بھینچ گئیں-

"ہاں! میرے پیٹ میں بچہ ہے ارچنا- اور یہ بچہ تمہارے اُسی دیوتا کا ہے- اُسی دیوتا کا- اور مجھے نفرت ہے- نفرت ہے اُس سے- ایسی زندگی سے- اُس دن سے- سب سے- سب سے- ساری دنیا سے- آج مجھے مرنا ہوگا- کیونکہ میں یہ بدنامی سہہ نہیں سکتی- کیونکہ میرے خاندان کی مریادا برباد ہو جائے گی- سن رہی ہو؟ سُن رہی ہو ارچنا -؟ میں مر جاؤنگی - تب تم خوش ہونا- تب تم گھی کے چراغ جلانا- تمہارے دیوتا نے میرے غرور کا

بدلہ مجھ سے لے لیا۔ اور تم پھر جیت گئیں۔ اب کے تم بالکل جیت گئیں۔ یہ ساری جائداد۔ یہ دولت۔۔۔۔۔۔"

"کلپنا۔ کلپنا۔" وہ چیختی رہی۔ "پاگل ہو گئی ہو کلپنا۔"

"ہاں! پاگل ہو گئی ہوں۔ اس اتنی بڑی ہار کو لے کر کیا کروں؟ تم رانی بن جاؤ گی۔ اس سارے گھر کی مالک۔۔۔۔۔۔۔"

"کلپنا۔ کلپنا۔"

"کلپنا نہیں۔ ایک کلنکنی۔ ایک ابھاگی عورت۔ میرے پیٹ میں ایک مرے ہوئے آدمی کا بچہ ہے۔ میں کسی کو کیا بتاؤں گی کہ یہ کس کا بچہ ہے ایک کنواری لڑکی کے پیٹ میں ایک مرے ہوئے آدمی کا بچہ۔ ہا ہا ہا کیا مذاق ہے؟ خود تو بزدل اسی روز روٹھ کے چلا گیا اور میرے پیٹ میں یہ ترک کی آگ انڈیل گیا۔۔۔۔۔۔"

"بس کرو کلپنا۔ بس کرو کلپنا۔"

"تمہیں تو خوش ہونا چاہیئے رانی۔ تمہارے تو سارے ارمان پورے ہو گئے۔"

"کلپنا!"

"ہاں ہاں! بتا دو! بتا دو ساری دنیا کو بتا دو۔ بتا دو کہ میرے پیٹ میں۔۔۔۔۔۔۔۔"

ایک زناٹے دار تھپیڑ اس نے دے مارا۔ کلپنا کے رخسار گھوم گئے وہ بپھری ہوئی شیرنی کی طرح اس کے سامنے کھڑی تھی۔ کلپنا اسے دیکھتی

رہی۔ اُس کے ہونٹ ہلتے رہے۔ ہلتے رہے اور تب ایک کٹی ہوئی ٹہنی کی طرح وہ اس کے سینے پر جا گری اور پھوٹ پھوٹ کر رونے لگی۔

"دیدی! میں کیا کروں دیدی؟ اس بدنامی کی۔ آگ سے اپنا آپ کیسے بچاؤں۔؟ کیسے بچاؤں۔؟"

"اپنا بچہ مجھے دے دو۔"

"تمہیں ۔۔۔ ؟" وہ ناگاہ چُپ ہو گئی۔ "تمہیں۔؟" تعجب سے کہا

"ہاں مجھے۔! یہ بچہ تمہاری بدنامی ہے مگر میرے لئے میرا کھویا ہوا جیون ہے۔"

"دیدی ۔۔۔"

"ہاں کلپنا ۔۔ یہ بچہ تم مجھے دے دو۔ میں اپنا سارا جیون اس کے سہارے کاٹ دونگی۔ تمہیں اس سے نفرت ہے نا۔ تم اس سے نفرت نہ کرو کلپنا۔ یہ میرے پیار کی امٹ نشانی ہے۔ نہ تمہیں مرنے کی ضرورت ہے۔ نہ اس بچے کو مارنے کی۔ اس بچے کو پیدا تم کرو گی ماں میں ہوں گی۔ تم اسے پیدا کر کے بھول جاؤ گی۔ کہ یہ تمہاری کوکھ سے پیدا ہوا۔ تمہاری ضد نے اسے تمہاری کوکھ میں ڈال دیا ورنہ وہ تو میرا بچہ ہوتا چیتن کا بچہ ہوتا۔ ہم دونوں کا بچہ ہوتا۔ کلپنا وعدہ کرو۔ وعدہ کرو کہ اسے مجھے دو گی کہ اسے پیدا کرنے کے لئے تم جیو گی۔ اور کسی کو کچھ نہ بتاؤ گی۔ اور میں۔ میں ۔۔۔۔ ....."

"دیدی۔ دیدی ۔۔۔" وہ اس سے لپٹ گئی۔

"ہاں کلپنا۔ ایک یہی تم مجھے دے دو۔ جیون میں کبھی تم سے کچھ نہیں مانگا نا۔ آج یہ بچہ تم سے مانگ رہی ہوں۔ کسی ماں نے کسی ماں سے کبھی

اس کا بچہ نہیں مانگا - مگر تم اس کی ماں بننا نہیں چاہتیں اور میری گود اُس کے لئے ابھی سے لوریاں گنگنانے لگی ہے - دیکھو - دیکھو - میری کنواری چھاتیوں سے اس کے لئے دودھ اُبل آیا ہے - انہیں کبھی کسی نے نہیں چھُوا اور آج ایک بچہ چپڑ چپڑ اسے پی رہا ہے - میری ممتا تڑپنے لگی ہے کلپنا - میری ممتا کو میرا بچہ دو - میرا پیار دو - میرا سُہاگ دو - میری لوریاں دو - میرا دُودھ دو -"

ارچنا اس کی گود ہی میں بے ہوش ہو گئی -

اور آج بھی ویسی ہی تاریک رات ہے۔

تاریک اور بھیانک۔ روشنی کی ایک بھی کرن زندہ نہیں کلپنا۔ کروٹ بدل کر سو گئی ہے۔ اور اُس نے دریچے کی چوکھٹ پر اپنا سر ٹیک دیا ہے اور ننھی منی سی بچی اُن کے بستروں کے بیچوں بیچ۔ چپ چاپ سوئی ہوئی ہے

کلپنا ابھی ابھی اُسے دودھ پلا رہی تھی۔

کلپنا ابھی ابھی بلک رہی تھی۔ "دیدی۔ اِسے لے جاؤ۔ اِسے مجھ سے دور لے جاؤ۔ بہت دور لے جاؤ۔ مجھے اس سے نفرت ہے۔ بے حد نفرت ہے۔ پھر پتہ نہیں جب یہ میری چھاتیوں سے دودھ نچوڑ کر پیتی ہے تو لگتا ہے اِسے کلیجے سے اتنی مضبوطی سے چپکا لوں کہ کبھی دور نہ کر سکوں۔ کہیں مجھے اِس سے پیار نہ ہو جائے دیدی۔ اس سے پہلے۔ اس سے پہلے کہ میں اِسے جدا نہ کر سکوں تم اُس کو لے جاؤ۔ اُس نفرت کی خاطر لے جاؤ جو مجھے اس کے بزدل باپ سے ہے جو تم سے پیار کرتا تھا اور میری

کوکھ میں آگ انڈیل گیا۔ دیدی! یہ کہیں یہ دیوار بن کر میرے جیون کے راستوں کو مسدود نہ کر دے۔ میں اِسے اپنے پاس رکھ کر ساری عمر نرک کے شعلوں میں جلتی رہونگی۔ دنیا اور سماج بھی زندہ نہ چھوڑے گا اور وہ نرک کے شعلے بھی۔ تب مجھے بھی مرنا ہوگا اور اِسے بھی مرنا ہوگا۔ دیدی۔ میری نفرت بھی اتنی زوردار ہے اور میرا پیار بھی۔ اس لئے اِسے لے جاؤ۔ تم نے تو کہا تھا کہ اس کی ماں تم ہو۔ ہاں ہاں۔ اس کی ماں تم ہو اور میں کبھی یاد نہ کرونگی کہ میں نے اسے پیدا کیا۔ مجھے کبھی نہ بتانا کہ تم کہاں ہو۔ ورنہ ہو سکتا ہے کبھی میں بہک جاؤں۔"

روتی ہوئی کلپنا اب چُپ چاپ کروٹ بدلے سو رہی ہے۔

مگر اس کے ذہن میں ابھی تک انگارے کوندرہے ہیں۔

چیتن اسے بُلا رہا ہے۔ چیتن نے اُس سے کتنا پیار کیا تھا؟ کلپنا کہتی ہے کہ اُس آخری دن اُس کی باہوں میں کلپنا تھی اور وہ اُسے ارچنا کہہ کر بُلا رہا تھا ارچی کہہ کر بلا رہا تھا۔ اُس روز کلپنا خوش تھی کہ وہ انتقام لے رہی ہے۔ اُسے کیا پتہ تھا کہ ایک دن۔.........

اور یہ بچی۔ چیتن کی آخری نشانی۔ جب وہ ارچی کہہ کر کلپنا کو بُلا رہا تھا۔ اُس کے تصور میں ارچنا تھی کلپنا نہ تھی۔ ہاں ہاں، ارچنا۔ چیتن کے اس بچے کی ماں تم ہو۔ کلپنا نہیں۔ اس کی ماں تم ہو۔ چیتن تمہارا سہاگ تھا اور یہ بچی اُسی کی نشانی ہے۔

اور۔ اور یہ ڈائن کلپنا کہتی ہے کہ اُسے مار ڈالے گی۔ اُسے مار ڈالے گی

اس سے پہلے۔ اس سے پہلے۔۔۔۔۔۔۔

وہ بچی کی طرف لپکی۔

کلپنا دوسری طرف منہ کر کے سو رہی تھی اور بچی نے مُنہ ارچنا کی طرف کر لیا تھا۔

"میری بچی۔" اُس نے اُسے اٹھا لیا۔ بانہوں میں لے لیا۔ بانہوں میں کس لیا "میری بچی۔"

"میں اِسے مار ڈالونگی۔ مار ڈالونگی۔ ورنہ کبھی اس کا سایہ بھی مجھے دکھائی نہ دے۔ سمجھیں۔ سمجھیں۔"

"نہیں۔ نہیں" اُس کا رواں رواں بچی سے لپٹ گیا۔

"تم اسے کچھ نہیں کہہ سکتیں۔ تم اسے کچھ نہیں کہو گی۔ یہ میری بچی ہے۔ یہ میری بچی ہے۔ یہ میری بچی ہے۔"

اور باہر کے طوفان میں دروازہ کھول کر تیزی سے وہ باہر نکل گئی۔

"یہ میری بچی ہے۔ یہ میری بچی ہے۔ یہ میری بچی ہے۔"

ناول

دیواریں

"دوسری فضا"

بیس سال گذر گئے

بیس لمبے اور طویل سال۔

بیس موسم۔ بیس بہاریں۔ بیس برساتیں۔ کتنے ہی پھول کھلے اور مرجھا گئے۔ کتنی ہی بار باغوں میں جھولے پڑے۔ کنواریوں نے رم جھم کے ترانے گائے۔ کتنی ہی مرتبہ شادیانے بجے۔ کتنے ہی گھر بسے۔ اجڑے۔

مگر وہ تنہا رہی۔

تنہا اور اکیلی۔

آنسوؤں کی ہمجولی۔ دکھوں کی سہیلی۔ غم اس کے جیون کا الٹا راگ تھے۔ کتنا تاریک اور اداس اور بے رنگ و بو تھا اس کا جیون بھی! یہ بھی کوئی جیون تھا کہ روشنی کی ایک کرن بھی زندہ نہ تھی۔ اور رہ رہ کر اندھیرے تھے۔ قدم قدم پر ٹھوکریں تھیں۔

اور وہ اکیلی ہوتی تو ایک بات بھی تھی۔ شاید جیون کبھی کوئی نئی موڑ کاٹ لیتا۔ شاید قدم کسی نئی انجانی ڈگر پر مڑ جاتے۔ مگر ایک ننھی سی جان ہمیشہ

دیوار بن کر ساری خوشیوں، ساری ہنسیوں، روشنی کی تمام کرنوں کا راستہ روک لیتی۔

اور وہ ننھی سی جان اُس کی لگتی بھی کیا تھی؟ کیا رشتہ تھا اُس کا اُس سے؟ کبھی کبھی وہ ہنس پڑتی۔ کبھی بہت سے آنسو آنکھتے تو ایک آدھ بُوند۔ اُس کی گود میں ٹمکتے اُس ننھے شریر پر بھی آ گرتی۔ تب وہ کانپ اُٹھتی "نہیں نہیں۔ اُس نے تو وعدہ دیا ہے۔ وہ تو پابند ہے۔ ایک قسم کی۔ ایک وچن کی"۔

تب وہ اُسے اپنے سینے سے لگا لیتی اور اپنے سارے آنسو پونچھ ڈالتی اور ایک نئی ہمت سے جیون کی کٹھن منزلوں پر اور آگے بڑھتی۔

ایک ایک کر کے ناتمام منزلوں کے نشان پیچھے چھوڑتی آتی۔

ان منزلوں نے اُسے کیا دیا؟ کچھ بھی تو نہیں۔ جیون کیسے بیتا۔؟ کچھ بھی تو یاد نہیں آتا۔ کب ہنسی تھی؟ کب آرزو کی تھی؟ کب سُکھ کی تمنا کی تھی۔؟ کچھ بھی تو یاد نہیں۔ اور اب تو سُکھ دُکھ کے یہ جھمیلے اُس پر اثر انداز بھی نہیں ہوتے۔ دُکھ سُکھ۔ سُکھ دُکھ۔ ہنسی اور آنسو۔ آخر یہ سب ہیں ہی کیا۔؟ اُن کا وجود ہی کیا ہے۔! آنسو جب سیلاب بن جاتے ہیں اور جیون اُن میں ڈوب جاتا ہے تب اُن کی اہمیت ہی کیا رہتی ہے؟

اور وہ تو ایک عام عورت نہیں۔ اُس جیسا ہے بھی کون۔؟

اب بیس سال گذر جانے کے بعد جب خود وہ اپنے ماضی کی طرف نگاہ دوڑاتی ہے تو کانپ جاتی ہے۔ ہائے! وہ دن اُس نے

کیسے گزارے۔؟ کیسے جئی۔؟ کیسے زندہ رہی۔؟ کیسے اتنی ٹھوکروں کو سہا؟

مگر اُس نے تو ان ٹھوکروں کو ہنستے ہنستے سہا۔

کبھی زبان سے شکایت تک نہ کی۔

کبھی اپنے فیصلے پر نہ پچھتائی۔

کبھی اُس کے قدم نہ ڈگمگائے۔

اور بیوگی کے یہ بیس سال اُس نے خندہ پیشانی سے کاٹ دیئے۔

بیوگی۔؟

کتنی عجیب بیوہ تھی وہ بھی! کبھی اُس کی مانگ میں سیندور نہ ڈالا گیا کبھی اُس نے سُہاگ کی چوڑیاں نہ پہنیں۔ کبھی اُس نے لال سُرخ جوڑا نہ پہنا۔ کبھی اُس کے چہرے پر ستاروں کی افشاں نہ چنی گئی۔ کبھی شہنائیاں نہ بجیں۔ ڈھولک نہ ٹھمکی۔ نہ ماتھے تک گھونگھٹ ڈھلکا۔ نہ قدم کپکپائے نہ کلیجہ لرزا۔ نہ آنکھیں جُھکیں۔ نہ کسی نے چھیڑا۔ نہ سُہاگ رات آئی۔ نہ بارات آئی۔ نہ ڈولی چلی۔ نہ کسی نے بابل کے گیت گائے۔ نہ سہیلیاں اُس سے لپٹ لپٹ کر روئیں۔ اور پھر بھی وہ بیوہ تھی!۔

بیوہ بھی اور ایک بچی کی ماں بھی!

اُس نے تو کبھی کسی مرد کا سایہ تک نہ چھوا تھا۔ اور پھر بھی وہ ماں تھی!

ایک ہنستی کھیلتی خوب صورت لڑکی کی ماں۔ شریر اَن چھوا تھا کومل تھا۔ اجونتی کی کلی تھا۔ اور پھر بھی وہ ماں تھی۔! کوکھ کی جنموں سے

اچھوتی تھی اور پھر بھی ممتا کی گود بھری تھی! ایک بار ایک مرد کی ہنسی اُسے ملی تھی۔ اور اُسے اُس نے کلیجے کا پھول بنا لیا تھا۔ اب وہ پھول بار بار کھلتا۔ اپنی خوشبو اُس کی آن جان آتما میں انڈیلتا۔ انڈیلتا۔ بکھیرتا۔ اور کبھی نہ کمھلاتا۔ کبھی نہ مُرجھاتا۔ بس یہی پھول اس کا سہاگ تھا۔

ہائے! کتنا عجیب جیون تھا اس کا بھی! دُنیا میں ہزاروں لاکھوں کہانیاں دن رات کہی سُنی جاتی ہیں مگر اتنی عجیب کہانی بھی آج تک کسی نے سُنی ہے؟ تیاگ کی یہ انوکھی کہانی؟ ایک بار کسی نے پیار سے "ارچی" کہا اور اُس کی نشانی کے لئے اپنی زندگی کے بہترین سال ضائع کر دیئے۔

اور پھر بھی وہ خوش ہے۔ زندہ ہے۔ جیئے جا رہی ہے۔

اب تو اندھیرے قدرے چھٹ سے گئے ہیں۔ اب تو ایک راستہ اُس نے پا لیا ہے۔ اُس راستے پر چلی جا رہی ہے۔ رواں دواں ہے۔

ٹیڑھی میڑھی لاکھوں پگڈنڈیوں اور انیک ٹھوکروں کے بعد یہ سیدھا راستہ اُسے میسر آیا ہے اور اب تو لگتا ہے وہ ماضی کو بھول سی گئی ہے۔ بھولنا ہی چاہیئے بھی۔ کیا رکھا ہے چمکیلے دنوں کی یاد میں۔

لیکن یاد کے رشتے تو امٹ ہیں۔ یادوں ہی کے سہارے تو وہ زندہ ہے یادوں کے کارواں بار بار آتے ہیں۔ اُسے "ارچی" کہتے ہیں۔ کون کہتا ہے موت زندگی کی تمام باتوں کو مٹا دیتی ہے؟ آتما تو امر ہے۔ نہ مرتی ہے نہ فنا ہوتی ہے۔

اور جیتن کی یاد بھی تو نہ مرتی ہے۔ نہ فنا ہوتی ہے۔

جیون میں کچھ نہ پایا۔ ایک بے پایاں پیار تو پایا تھا۔ چیتن اب بھی ہزار ہا
چراغوں کی طرح اُس کے اندر اندر کہیں روشن ہے۔ منور ہے۔
چراغاں ہے۔

اور اس روشنی نے اُسے جیون کی چاہ بخشی ہے۔
کیا ایک جنم کے لئے اتنا پیار کافی نہیں۔؟
تب اس سے زیادہ کی آرزو ہی کیوں کی جائے۔؟
اس لئے وہ اب خوش ہے۔ خوش اور شاداں مطمئن۔

اُس جیسا خوش بھلا سارے شہر میں دوسرا کون ہے؟ ہر جگہ اُس کی عزت ہے۔ ..... عورتوں کے لئے وہ ایک مثالی عورت ہے۔ اُس کے پُر عزت چہرے کے سامنے بڑے بڑے مرد نہیں ٹھہر سکتے۔ ایک بڑے اسکول کی وہ ہیڈ مسٹرس ہے۔ بہت سال پہلے بچوں کا ایک چھوٹا سا سکول اس نے شروع کیا تھا۔ جو آج بڑھتے بڑھتے شہر کا سب سے بڑا اسکول بن گیا ہے۔ بڑے پھاٹک پر بڑے بڑے حروف میں لکھا ہے "چیتن گرلز ہائی سکول" جو کوئی بھی اندر داخل ہوتا ہے نگاہ انہی لفظوں پر پڑتی ہے۔ بار بار چیتن اُس کے سامنے آتا ہے۔ کہتا ہے۔

"اسی لئے تو ارچی۔ اسی لئے تو میں نے تو تم پر اپنا سب قربان کر دیا کہ تم اتنی مہان ہو" وہ کبھی ہنستی ہے۔ کبھی روتی ہے۔ چیتن اُس کا آدرش ہے چیتن اس کی زندگی کا سب سے سنہری لفظ ہے۔ اُس نے اپنا سب کچھ اس نام کو امر بنانے میں لگا دیا ہے۔ سکول نے پچھلے برسوں میں کتنا نام کمایا

ہے۔؟ اسی سکول کی لڑکیاں ہر سال صوبے میں امتیازی پوزیشن پاتی ہیں۔کھیل کود، کلچرل پروگراموں میں انعام پاتی ہیں ۔ ہر آدمی کی زبان پر کتنی ہی بار اس سکول کا نام آتا ہے ۔

اس کی محنت کا ننھا سا پودا ایک تناور درخت بن چکا ہے ۔

اور لاکھوں ٹھوکروں کے بعد اب کہیں سکون کی چند سانسیں ملی ہیں۔

ایک سیدھا راستہ ملا ہے ۔

زندگی کا تحفظ ملا ہے ۔

جہاں سکول اس کا آدرش ہے۔ وہاں بھارتی اُس کے دل کی لطیف ترین دھڑکن ہے۔

بھارتی!

اس کی امیدوں کا ننھا سا چراغ!

اُس کے جیون کا کمزور سا سہارا!

اُس کی بچی۔اُس کی اپنی بچی۔جسے اُس نے اتنی مشکلوں سے پالا۔

کتنے ہی طوفانوں میں کتنی ہی بار لگا۔ یہ ننھا سا دیپک بجھ بجھ جائے گا مگر اُس نے اپنے سارے وجود سے اُسے بار بار ڈھک لیا تاکہ یہ چراغ جلتا رہے اور روشن رہے۔ تاکہ اُس کا وجود جلتا رہے اور روشن رہے۔ وہ خود موت کے دوار تک کئی بار ایڑیاں رگڑ رگڑ کر جا پہنچی مگر اُس نے اُس دیپک کے لئے تیل کی کمی نہ آنے دی۔

اور آج وہ کتنا روشن ستارہ ہے!

ستارہ؟ نہیں چاند۔ مدھم مدھم شیتل چاند، کہ دیکھ دیکھ کلیجہ ٹھنڈک ٹھنڈک ہو جائے!

کتنی سندر ہے اُس کی بھارتی! کومل کلی سی۔ دیکھنے سے لگتا ہے کوئی بہت ہی پیاری، بہت ہی اچھی چیز گڑیا اچانک آ ملی ہے۔

سب ہی تو بھارتی کی تعریف کرتے ہیں۔ اُس کے گن گاتے نہیں تھکتے۔ اور بھارتی ہے بھی ویسی۔ ہنستی ہے تو لگتا ہے کائنات ہنس رہی ہے۔ بولتی ہے۔ لگتا ہے پھولوں کی ڈالیاں ہلکے ہلکے ڈولنے لگی ہیں گاتی ہے تو محسوس ہوتا ہے۔ دیوتا کی آرتی اُتاری جا رہی ہے۔ سنگیت اُس کا خاص مضمون ہے۔ جب ستار اُٹھا کر بیٹھتی ہے تو کلا کی دیوی لگتی ہے۔ سکول کے بعد اب کالج کے کتنے ہی ڈراموں میں وہ ہیروئن بنی ہے۔ باہر کتنے انعام حاصل کر لائی۔

اور لوگ کہتے ہیں۔ کتنی خوش نصیب ہے ارچنا جس کی اتنی سُندر لڑکی ہے!

وقت کتنا طاقتور ہے؟ وقت نے سارے زخم بھلا دیئے ہیں۔ ماں بیٹی ایک دوسرے کے لئے جان دیتی ہے۔ ماں کا دل ہر وقت بیٹی کے قدموں میں رہتا ہے اور بیٹی ابھی تک ماں کے کلیجے سے لپٹ کر سوتی ہے۔

بھارتی نے بی اے کر لیا ہے۔

اب وہ کبھی کبھی سکول کے کاموں میں ماں کا ہاتھ بٹاتی ہے۔

دفتر میں ماں کے ساتھ ہی اُس کے لئے کرسی ڈال دی گئی ہے سامنے چیتن کی بڑی سی تصویر لگی ہے جو ارچنا اپنی آخری پونجی کے طور پر اپنے ساتھ لائی تھی۔

دونوں ماں بیٹیاں اُسی کے سائے میں بیٹھ کر ایک دوسرے سے صلاح مشورہ کرتی ہیں۔

اور کبھی کبھی جب وہ چلی جاتی ہے اور ارچنا اکیلی ہوتی ہے اور

وہ اپنا تھکا ماندہ سر میز پر رکھ دیتی ہے اور جیتن کی تصویر کی اور دیکھتی ہے تو آہستہ سے مسکرا کر کہتی ہے۔ "دیکھ رہے ہو دیوتا۔ آج میں کتنی سکھی ہوں۔"

ایک ایسے ہی روز جیتن کی تصویر کے سامنے بیٹھے بیٹھے اس نے کہا۔

"اپنی بھارتی کو دیکھا تم نے؟ اب کتنی بڑی ہو گئی ہے؟ کتنی سیانی؟ سُندر اِتنی ہے۔ اِتنی ہے۔ ...... کہہ دوں؟ کہہ دوں؟ بالکل تمہاری طرح لگتی ہے۔ لگتی ہے نا۔ تمہاری ہی تو چھایا ہے وہ۔

ارے تم ہنس رہے ہو؟ سچ! سچی۔ بالکل "تم" لگتی ہے۔ اور پھر مجھ سے پیار بھی تو اتنا ہی کرتی ہے۔ جب اپنے بازو میرے گلے میں ڈال کر اپنا کومل چہرہ میرے چہرے پر رکھ کر میرے کلیجے سے لپٹ کر سوتی ہے تو لگتا ہے میں تنہا نہیں۔ تم میرے پاس ہو۔ ہاں تم ....

اچھا سنو۔ بھارتی اب بڑی ہو گئی ہے۔ کتنے ہی رشتے اُس کے لئے آنے لگے ہیں مگر میں اُسے جُدا کیسے کروں؟ لمحہ بھر کے لئے تو اُس سے دُور رہ نہیں سکتی۔ پھر کیا کروں؟ تم ہی بتاؤ کیا کروں۔؟"

مگر بھارتی کو ایک نہ ایک دن تو جدا کرنا ہی ہے۔ ایک نہ ایک دن تو اس کے ہاتھ پیلے کرنے ہی پڑیں گے۔ مانا۔ بھارتی اس کے جیون کا آخری سہارا ہے مگر لڑکی تو پرایا دھن ہوتی ہے۔ اب اُسے اُس کے بیاہ کا سوچنا چاہیئے۔ ہاں۔ ہاں۔ بھارتی کا بیاہ کرنا ہی ہوگا۔ اُسے اپنے سے جدا کرنا ہی ہوگا۔ یہی تو حکم ہے دیوتا کا اور پھر وہ اپنے لئے اتنا کیوں سوچنے لگی ہے۔؟ اپنے بارے میں اُس نے سوچا ہی کب تھا کہ اب سوچنا ہوگا بھارتی۔ ہاں بھارتی پھر وہ اپنے ساری ابھیلاشائیں پوری کرے گی۔ اُسے وہ اپنے ہاتھوں دلھن بنائے گی۔ اتنی شان سے اُس کا بیاہ کرے گی۔ اتنی شان سے بیاہ کرے گی۔......

آنکھوں سے آنسو نکل نکل آئے ہیں مگر کتنے اچھے لگ رہے ہیں یہ آنسو! آہ۔ جب بھارتی کا بیاہ ہوگا۔ اُس کے دوارے برات آئے گی خود اس ابھاگن کی تو کبھی بارات نہ آسکی مگر اب بھارتی کے بیاہ پر وہ سارے ارمان پورے کرے گی۔ ایک ایک کرکے۔ ایک ایک کرکے

اب وہ اسی دن کے لئے جی رہی ہے جب وہ بھارتی کا بیاہ
کر دے گی اور اپنے سارے فرائض سے سبکدوش ہو گی۔

اُس نے آس پاس نگاہ دوڑائی۔

اور ایک دن ایک عجیب بات ہو گئی۔

سکول کے پردھان لالہ گوبند رام بہت شریف النفس ہیں۔ کتنے بڑے بیوپاری۔ کتنے ہی سالوں سے سکول کے پردھان ہیں۔ خاندانی آدمی ہیں۔ بزرگوں کا رشتہ دور کسی مہاراج کمار سے جا ملتا ہے۔

وِنے اُن کا اکلوتا لڑکا ہے۔

وِنے!

اُسے دیکھ کر ارچنا کو جانے کیوں لگتا ہے۔ کسی بہت اپنے کو دیکھ رہی ہے
وِنے جتنا ہونہار ہے اتنا ہی معصوم بھی۔ مردانہ خوبصورتی کا مجسمہ ہے۔

ارچنا کی بہت عزت کرتا ہے۔ اُسے "ماں جی" کہتے ہوئے اُس کی زبان

نہیں تھکتی۔ ارچنا نے کتنی ہی مرتبہ سوچا ایسے ہی کسی ہاتھ میں اگر وہ بھارتی کا ہاتھ دے سکی تو وہ دھنیہ ہو جائے گی۔

چنانچہ ایک دن جب لالہ گوبند رام نے خود ہی بھارتی کا ہاتھ مانگ لیا تو وہ خوشی کے مارے رو پڑی۔

وہ اپنے آپ کو سنبھال نہ سکی۔

اُسی وقت اُس نے اُن کا مُنہ میٹھا کرایا اور جلد ہی شگن دینے کا وعدہ دے دیا۔

ہا! آج وہ کتنی مطمئن ہے۔ اُس کے سارے خواب پورے ہو گئے۔ اُس نے زندگی کے سارے فرائض ادا کر دیئے۔ اس نے عیز کی بچی کو اپنا جیون دے دیا اور آج اپنا آخری فرض بھی نبھا دیا۔

اُس رات جب بھارتی سونے جانے لگی تو ارچنا نے کہا

"میری رانی ایک بات کہوں ——؟"

"کہو ماں۔"

"تم جانتی ہو تم ہی میری زندگی کا واحد سہارا ہو۔ میری آنکھوں کا نور ہو۔ ایک پل کے لئے بھی میں تمہیں جُدا نہیں کر سکتی۔ مگر۔۔۔۔۔"

بھارتی نے اس کی گود میں سر رکھ دیا اور کہا۔"ماں! میں تمہارے پیار کو جانتی ہوں۔ میری روح روح میں وہ پیار بسا ہے۔ مگر بات کیا ہے ماں؟"

"آج کچھ لوگ آئے تھے۔؟"

"لوگ۔؟ کس لئے ماں۔؟"

"وہ میرے کلیجے کے ٹکڑے کو مجھ سے جُدا کر دینا چاہتے تھے۔"

دھک سے رہ گئی۔"ماں! یہ تم کیا کہہ رہی ہو۔؟"

"ہاں بھارتی! کچھ لوگ آئے تھے وہ تمہیں مجھ سے مانگ بیٹھے۔ کہنے لگے بھارتی کو ہمیں دے دو۔"

"ماں!" کانپتی لرزتی آواز۔

"ہاں بیٹی۔ او رجانتی ہو۔ جانتی ہو۔ میں نے انھیں آگیا دیدی"۔

بھارتی کانپ اٹھی۔ کہا۔" کیا کہہ رہی ہو ماں۔؟" اُس کی گود میں آگری۔ چہرہ اُس کے آنچل سے چھپا لیا۔" ایسا مت کہو ماں۔ ایسا مت کہو ماں۔"

ارچنا نے اُسے اپنے ساتھ لپٹا لیا۔ اُس کے سر پر ہاتھ پھیرا۔ جانے کہاں سے اپنی آنکھ میں ایک آنسو کا قطرہ آرُکا۔ انگلی کی نوک سے اُسے چھوا اور آہستہ سے کہا۔" ہاں بیٹی۔ میں نے اُنہیں آگیا دے دی۔ دینی ہی پڑی۔"

دونوں دیر تک ایک دوسرے سے لپٹی رہیں۔

ایک ہی بات دو کلیجوں میں لرزتی رہی۔

جدائی کا روح فرسا خیال۔

ہائے! بچھڑنا ہوگا۔؟ کبھی جدا کرنا ہوگا؟ کبھی جدا ہو کے جانا ہوگا؟ یہ تو کبھی سوچا بھی نہ تھا۔......

ماں نے آہستہ کہا۔" لالہ گوبند رام کو جانتی ہو نا بھارتی۔؟"

"ہاں ماں۔"

بس وہی آئے تھے۔ وہ میرے گھر کی روشنی کو اپنے آنگن کا اجالا بنانا

چاہتے ہیں۔"

بھارتی ناگاہ اُٹھ کھڑی ہوئی۔ کپکپاتی آواز میں کہا۔ "کیا کہہ رہی ہو ماں ۔۔؟"

"وہ تمہیں مانگنے آئے تھے۔ اپنے بیٹے دِنے کے لئے ۔۔"

"مگر ماں۔ ماں ۔" بھارتی کا شریر سوکھے پتے کی طرح کانپ رہا تھا ہونٹ بے طرح ہل رہے تھے۔ کچھ کہنا چاہتی تھی لاکھ کوشش کے باوجود کہہ نہ سکی "مگر ماں......."

"ہاں بیٹی۔ میں نے اُنہیں زبان دے دی۔ میں نے تمہارا رشتہ اُنہیں دے دیا۔ میں تمہیں جدا کرنے کے لئے تیار ہو گئی۔"

"ماں۔ ماں ۔" بھارتی بلک اُٹھی۔ "یہ تم نے کیا کیا ماں؟ یہ تم نے کیا کیا؟ یہ تم نے کیا کر ڈالا۔؟"

"جو ایک ماں کا فرض تھا۔ تم لڑکی ہو نا۔ ایک نہ ایک دن تو تمہیں پرائے گھر جانا ہے۔ اِس گھر میں تو تم مسافر تھیں۔ چار دن کی مسافر۔"

"ماں۔ ماں۔" وہ کیسے کہے؟ ہائے اُس کا کلیجہ منہ کو آ رہا ہے، کیسے کہے۔؟ کیسے کہے ماں۔ تم نے مجھ سے پوچھا تو ہوتا۔ تم نے مجھ سے پوچھا تو ہوتا ماں۔ میں نے کبھی کا کسی کو وچن دے دیئے ہیں ماں۔ کسی کے ساتھ جیون بتانے کا وعدہ کیا ہے ماں۔ وعدہ کیا ہے۔ میں اُس کو کیا منہ دکھاؤنگی۔؟ کیا منہ دکھاؤنگی۔؟"

دونوں ہاتھوں سے چہرہ ڈھانپ کر وہ بھاگ گئی۔ اپنے کمرے میں آ کر بستر پر گر پڑی اور بے تحاشا رونے لگی۔

ساری رات وہ روتی رہی۔

ساری رات پنکج کو آوازیں دے دے کر بلاتی رہی۔

پنکج۔ جو اُس کا جیون ساتھی تھا۔ جنم جنم کا ساتھی تھا۔ یوں لگتا تھا پنکج کے سوا دُنیا میں کوئی اور ہے ہی نہیں۔ پنکج تو اُس کے ساری یادوں پر چھایا تھا۔ پنکج تو وہ گیت تھا جس کے سروں سے اُس کی جیون ڈور بندھی تھی۔ پنکج کو وہ کیسے بھول جائے۔؟ بھول جائے گی بھی۔؟ ہزار کوشش کے باوجود بھی کبھی بھول سکتی ہے۔؟

اور اُس سے کہا جا رہا ہے وہ پنکج سے یوں جُدا ہو جائے! جُوں مانو کبھی ملے ہی نہ تھے۔ کبھی ایک دوسرے کی راہوں میں آئے ہی نہ تھے۔ مگر سنسار میں پنکج کے سوا اُس کا تھا ہی کون۔؟

ماں۔ ماں۔ تم نے یہ کیا کر دیا۔؟ میرے جیون کا فیصلہ اتنی آسانی سے کر دیا۔؟ یہ جیون تو میرا ہے نہیں۔ اس پر تو پنکج کا ادھیکار ہے۔ پنکج کے

سوا میں کسی کو کیسے اپنا سکتی ہوں ماں۔ کیسے اپنا سکتی ہوں۔؟ تم نہیں جانتیں پنکج نے مجھے کیا دیا۔ جیون کی راہوں پر، ہر راہ پر، ہر موڑ پر، ہر پگ پر اُس کے بکھیرے ہوئے پھول ہیں جن کے سہارے یوں آگے بڑھتی آئی ورنہ میں تو کتنی کمزور تھی۔ کتنی اکیلی تھی۔ کتنی تنہا تھی۔ تم۔ ماں تم تو اپنے کاموں میں دن رات مصروف رہتیں۔ اور میں۔ اتنی اکیلی، نہ کوئی بہن، نہ بھائی، نہ سکھی نہ سہیلی۔ ایک پنکج ہی تو تھا جس نے میرا ہاتھ تھاما جس نے ساتھ دیا۔ میرے ہر دُکھ کو دُکھ سمجھا۔ ہر خوشی کے لئے اپنا سب کچھ قربان کر دیا۔

میں۔ میں تمہیں کیسے یہ سب بتاؤں ماں؟ کیسے بتا سکتی ہوں۔؟ کیسے بتاؤں کہ پنکج میرا کون ہے؟ ماں۔ میرا ہر سپنا اُس سے وابستہ ہے۔ میرا ہر خیال اُسی کے گرد گھومتا ہے۔ اور اُس نے مجھے کتنا سہارا بھی تو دیا ہے ورنہ میں کیا تھی۔ ایک معمولی لڑکی۔ مجھ میں تھا ہی کیا۔؟ پنکج ہی نے تو مجھے اتنا اعتماد دیا کہ میں اتنا کچھ کر سکی۔

"تم ایک عام لڑکی نہیں ہو بھارتی۔" وہ کہتا "تم میری کلا ہو۔ میری پریرنا ہو۔"

"میں۔ میں۔ ......" اُسے کچھ سمجھ نہ آتا کیا کہے۔

"ہاں بھارتی۔ تم میری روشنی ہو۔ جانتی ہو جب تم نہیں ہوتیں تو کتنا اندھیرا ہوتا ہے؟۔"

"پنکج۔ تم۔ تم ......"

"میں سچ کہہ رہا ہوں بھارتی۔ تم ہی میری ساری طاقت، میری سادھنا ہو۔ میری آرادھنا ہو۔"

"پنکج۔" وہ آنکھیں بند کر لیتی۔ "نہ جانے تم کس دنیا میں کھینچے لئے جا رہے ہو۔ پر ایک بات ہے۔ تمہارے بغیر لگتا ہے میں ایک تنکا ہوں۔"

"بھارتی۔" ایک دن کہنے لگا۔ پاگلوں کی طرح۔ "بھارتی یہ دنیا کتنا بڑا جھوٹ ہے۔!"

"جھوٹ۔؟ کیوں۔؟"

"دیکھتی نہیں ہو۔ جھوٹ ہی تو چاروں اور پھیلا ہے۔ جھوٹ کے سوا کہیں اور رکھا ہی کیا ہے۔؟ سچ کو سننے، سمجھنے اور برداشت کرنے کی طاقت ہی کس میں ہے۔؟ دیکھو نا۔ ہم تم دو نہیں۔ پر دنیا نہیں مانتی۔ ہم دنیا کو منوا بھی نہیں سکتے۔ ہمارا پیار کتنی بڑی سچائی ہے مگر اس سچائی کو نہ ہم بتا سکتے ہیں نہ دنیا سہن کر سکتی ہے۔ جھوٹ ہے تو ٹھیک ہے۔ اندھیرا ہے تو کسی کو کچھ دکھائی نہیں دیتا۔ روشنی کی ایک کرن سب کو چکاچوند کر دیتی اس لئے کبھی کبھی لگتا ہے اس اندھیرے کا، اس جھوٹ کا سہارا جو آج ہم لے رہے ہیں۔ وہ ہمیں کہاں لے جائے گا۔ جانتی ہو کہاں۔؟"

"کہاں۔؟"

"جہاں ہر چیز کا انت ہے۔ اندھیرے کا بھی۔ روشنی کا بھی۔ اس کے بعد کچھ بھی نہیں ہوتا۔ کچھ بھی نہیں بچتا۔"

"تم ایسی باتیں نہ کیا کرو پنکج۔ کبھی کبھی بڑا ڈر لگتا ہے۔"

ہنس پڑا وہ۔ زور سے ہنس پڑا۔ سچ سے تمہیں بھی ڈر لگتا ہے؟ لگنا ہی چاہیئے۔ پر تم ہی بتاؤ۔ میں کروں بھی تو کیا۔؟ تم اتنی بڑی ماں کی اکلوتی بیٹی ہو اور میں۔؟ ایک غریب نوجوان۔ ماں باپ کے پاس دولت نہیں تھی مگر پڑھوانے بھیج دیا۔ خود بک گئے۔ اور مجھے کچھ ڈگریاں مل گئیں اور بس۔ ہم دونوں نے کالج کی پڑھائی کبھی کی ختم کر لی مگر تم تو ابھی تک مجھے ایک ہونہار نوجوان ہی سمجھتی ہو۔ دھوکا کھا رہی ہو۔"

کتنا پاگل ہے وہ! سچ پاگل ہی ہے۔ اسی پاگل پن پر تو پیار آتا ہے کہا۔ "مجھے تمہاری دولت سے کیا لینا ہے پنکج۔ میں نے تو تم سے پیار کیا ہے۔ تمہیں چاہا ہے۔ تمہیں۔ اور تم میرے ہو۔ میرے۔ بس میرے لئے اتنا ہی کافی ہے۔"

"مگر میں بے کار ہوں۔ مجھے کہیں سے کوئی نوکری نہیں مل رہی۔ بھارتی۔ کتنے ہی مہینوں سے اپنے پیروں پر کھڑا ہونا چاہتا ہوں۔ تھک گیا ہوں۔ شل ہو گیا ہوں۔ دیکھو نا میرے ہاتھوں پیروں میں کتنی طاقت ہے مگر یہ بے کار ہیں۔ اب تمہیں اپناؤں کیسے۔؟ میرے پاس ہے ہی کیا۔؟"

"تمہارے پاس وہ سب کچھ ہے۔ جو مجھے چاہیئے۔ میرے اپنے وہ سب کچھ ہے۔ سمجھے؟ اس کے سوا مجھے کچھ اور نہیں چاہیئے۔"

"پھر وہی جھوٹ۔ اجھوٹ سے ڈرتی بھی ہو اور جھوٹ کا سہارا بھی لیتی ہو۔ ہار جاؤ گی۔ تھک جاؤ گی۔ اس جھوٹ سے لڑتے لڑتے تو میں اب نڈھال ہو گیا ہوں۔ زخمی ہو گیا ہوں۔ میری ڈگریاں۔ میری پڑھائی میری اُمنگیں۔ میرے ارمان۔ میرے خواب سب جھوٹ ہیں۔ سب جھوٹ ہیں۔ سب فریب۔ سب دھوکا۔"

"نہیں پنکج نہیں۔ ایسا مت کہو۔ ایسا مت کہو۔ انسان کے خواب اُس کا حق ہیں۔ ان کو سچ کر دکھانا اُس کی مردانگی ہے۔ حوصلہ رکھو ہمت نہ ہارو۔ میں تمہارے ساتھ ہوں۔ ہر خوشی، ہر غم میں۔ ہر بات میں۔ ہر راہ پر۔"

"بھارتی۔ تم۔؟"

"ہاں پنکج۔ میں۔ وعدہ دو ہمت نہ ہارو گے۔ تم نے تو کہا تھا ایک دن دُنیا کو جھکا دو گے۔ کہاں گئے وہ ارادے۔؟"

"بھارتی۔" ہونٹ کپکپاتے رہے۔

"ہاں پنکج۔ میں نے ایک دن پہلے پہل جب تمہیں دیکھا تھا تو تمہیں دنیا کے باقی لوگوں سے بہت اونچا پایا تھا۔ میں تم سے بہت متاثر ہوئی تھی سمجھا تھا تم بہت بڑے ہو۔ بہت بڑے۔ مجھ سے بھی اور باقی سب سے بھی آج تم چھوٹے بن جاؤ گے تو میں ہار جاؤنگی۔"

"نہیں بھارتی۔ نہیں۔ میں تمہیں ہارنے نہ دوں گا۔ میں تمہیں ہارنے نہ دوں گا۔"

بھارتی روتی رہی۔ پنکج نے کہا تھا وہ اُسے ہارنے نہ دے گا مگر آج دُنیا نے اُسے ہرا دیا ہے۔ ماں نے اُس کی زندگی کا فیصلہ اتنی اچانک کو دیا ہے کہ وہ سن سی ہو گئی ہے۔

اتنی مدت میں پنکج کچھ بھی تو نہ بن پایا۔ کتنے ہاتھ پیر ہلائے۔ بڑا آدمی بننے کے خواب دیکھے مگر شاید اس کا کہنا ہی صحیح تھا۔ دنیا جھوٹ کو مانتی ہے اور پنکج جھوٹ کا سہارا لینے سے مرجانا بہتر سمجھتا ہے۔ پنکج اندھیرا نہیں پنکج روشنی ہے۔ مگر روشنی کو کون سہہ سکتا ہے؟ دنیا کی تمام اندھی آنکھیں روشنی ہونے پر بند ہو جاتی ہیں۔

اب وہ کیا کرے؟ کیا کرے۔؟ پنکج۔ پنکج۔ تم کہاں ہو پنکج۔ آج ماں نے میرے سارے وجود کو آن ہی آن میں فنا کر دیا ہے۔ میرے خوابوں کو نوچ نوچ ڈالا ہے۔ میرے پروں کو میرے جسم سے اُدھیڑ ڈالا ہے۔ اور ایک عام لڑکی کی طرح گائے۔ بھیڑ کی طرح مجھے بیچ ڈالا ہے۔ تم لاکھ کہو میں معمولی لڑکی نہیں مگر لگتا ہے۔ میں بھی وہی بے زبان؛ وہی گونگی سدھائی لڑکی ہوں جس کے بس میں کچھ بھی نہیں ہوتا۔ کچھ بھی نہیں ہوتا۔

رات بیتی جا رہی ہے۔ بیتی جا رہی ہے۔ بھارتی کے آنسو رات کے دامن پر ستارے بن بن کر دمک رہے ہیں۔ بھارتی کچھ نہیں کر سکتی۔ بھارتی کی زبان نہیں کھل سکتی کیونکہ وہ ایک شریف ماں کی بیٹی ہے۔ اور ماں نے اس کے لئے اپنے طریقے پر، خاص ڈھنگ سے کچھ سپنے دیکھے ہیں اور بیٹی کے دل کو کبھی سمجھنے کی کوشش نہیں کی۔ بھارتی کچھ کہہ نہیں سکے گی کیونکہ اس کا سنگیت اس کی آتما کا ایک حصّہ ضرور ہے مگر دنیا اُسے کبھی نہیں مان سکتی۔ یہ رشتہ دنیا نے کبھی نہیں جانا۔ دنیا والوں کے لئے یہ پاپ ہے مگر وہ دو معصوم روحیں صرف یہی جانتی ہیں کہ وہ ایک دوسرے ہی کے لئے بنی ہیں۔ صرف ایک دوسرے کے لئے.........

صبح ہوئی۔

رات کے وسوسوں پر دن کے اُجالے نے پردے ڈال دیئے۔ کچھ ہمت بندھی۔ کچھ ہمت ٹوٹی۔

سارا دن جانے کیسے بیتا۔

شام ہوئی تو اُس نے اپنے آپ کو پنکج کے سامنے پایا۔

"پنکج" بھارتی نے کہا۔"اب میں کیا کروں پنکج۔؟"

پنکج کا چہرہ آج وفورِ جذبات سے سُلگ رہا تھا۔"بھارتی۔ بھارتی یہ نہیں ہو سکتا۔ یہ نہیں ہو سکتا۔ تمہیں مجھ سے کوئی نہیں چھین سکتا۔"

دونوں بڑی دیر تک ایک دوسرے کے بالمقابل بیٹھے رہے۔

دونوں بڑی دیر تک ایک دوسرے کی طرف دیکھتے رہے۔

پنکج کی آنکھوں میں جانے کیا تھا۔ نجانے کہاں سے اتنے دنوں کی بجھی ہوئی جوالا بھڑک اٹھی تھی۔ اُس نے بھارتی کا ہاتھ مضبوطی سے تھام

دکھاتا تھا۔ دونوں رہ رہ کر کانپ رہے تھے۔ جانے کیا سوچ رہے تھے؟ جانے ایک دوسرے کے لئے کتنا پیار اُمڈ آیا تھا۔

"تمہارے بغیر میرے پاس رہ ہی کیا جائے گا بھارتی۔؟" اچانک کہا اس نے بھارتی کے ہونٹ کانپنے لگے۔ رونے لگی۔ زور زور سے رونے لگی۔

"ہاں بھارتی مجھ غریب کی آخری اُمید تم ہی تو ہو۔ تم ہی چھن گئیں تو میں کیسے جیوں گا۔؟ تم ہی بتاؤ کیسے جی پاؤں گا۔"

بھارتی روتے روتے دوہری ہو گئی۔

پنکج نے بھارتی کا ہاتھ اپنی آنکھوں سے لگا لیا اور آنسے بھگوتے ہوئے کہنے لگا۔ "ہاں! مجھ غریب کے پاس ہے ہی کیا۔؟ بتاؤ اس آخری پونجی کو دنیا کیوں لوٹے گی؟ کیوں لوٹے گی۔؟ میں نے کیا بگاڑا ہے سب کا۔؟"

سسکیاں اُمڈ آئیں۔ ہچکیاں بندھ گئیں۔

"پنکج پنکج" بھارتی کہتی رہی "پنکج۔ پنکج۔"

ہچکیاں نہ رُکیں۔

"تم کیوں روتے ہو۔؟ تم کیوں روتے ہو۔؟ بھگوان کے لئے تم چپ ہو جاؤ۔ ہائے! میں نے تو کبھی سپنے میں بھی نہ سوچا تھا تمہیں کبھی آنسو بہاتا دیکھوں گی تم نہ روؤ۔ بھگوان کے لئے پنکج۔ (آنسو۔ آنسو) دیکھو۔ میں ہاتھ جوڑتی ہوں۔ بھگوان کے لئے۔ اس طرح نہ روؤ۔ اس طرح آنسو نہ روؤ کہ میرا سب کچھ لُٹ جائے۔ پنکج۔ پنکج۔ تم تو مرد ہو۔ مرد ہو کر۔۔۔۔۔۔"

دونوں بلکتے رہے۔ بلکتے رہے۔

بہت دیر ہو گئی۔ بہت دیر ہو گئی۔ پنکج نے کہا" مگر میں اس طرح ہار نہ مانوں گا بھارتی۔"

"یہ میری ماں کا آخری فیصلہ ہے پنکج۔ اور تم جانتے ہو انھیں فیصلے بدلنے کی عادت نہیں۔"

"مگر انھیں یہ فیصلہ بدلنا ہوگا بھارتی۔ یہ فیصلہ بدلنا ہوگا۔ انھیں ہماری زندگیوں سے اس طرح کھیلنے کا کوئی حق نہیں۔ وہ ہمارے پیار کے راستوں کی دیوار نہیں بن سکتیں۔"

"پنکج" بھارتی کی آواز بہت کمزور تھی۔ "مجھے ڈر لگ رہا ہے۔ بہت ڈر لگ رہا ہے۔"

پنکج نے اُس کے ہاتھ کو ٹٹولا۔ دھیرے سے پکڑ لیا مٹھی میں بھینچ لیا پھر لرزتی، کانپتی، بھیگی آواز میں مضبوطی سختی اور عزم بھرنے کی کوشش کرتے ہوئے کہنے لگا" ڈرو نہیں۔ دُنیا بہت ظالم ہے۔ اُس کا مقابلہ کرنے کے لئے ہمیں بہت ہمت کرنی ہوگی۔ میں کل ہی ماں جی سے ملوں گا۔ مانا کہ وہ کہ ایک ایسی کرسی پر بیٹھنے کی عادی ہو گئی ہیں جہاں سے حکم ہی دئے جاتے ہیں مگر یہ ہماری زندگیوں کا سوال ہے۔ اُٹھو بھارتی۔ اُٹھو۔

مجھے ہمت دو۔ رو کر مجھے اور بزدل نہ بناؤ۔ تم ہی تو میری شکتی ہو۔ میری پریرنا ہو۔ ہونا۔ ہونا۔۔۔۔۔۔۔۔۔"

ارچنا غصّے سے کانپ رہی تھی۔ "تم نے اپنی اوقات بھی دیکھی ہے لڑکے۔؟ کس بل بوتے پر تم بھارتی کا مقابلہ کرنے چلے تھے۔؟"

"میں غریب سہی ماں جی۔ بے کار سہی۔ مگر میرے پاس دو ہاتھ ہیں۔ دو پاؤں ہیں۔ سوچنے کے لئے دماغ ہے۔ کام کرنے کے لئے ہمت ہے۔ ایک دن میں دُنیا کو اپنے پیروں پر جھکا دوں گا۔ انسان کی محنت کیا نہیں کر سکتی!"

"تو کیا اس دن کے لئے بھارتی کو انتظار کرنا ہوگا۔؟" لہجے میں عجیب سفاکی تھی۔ عجیب طنز تھا۔

"ہاں ماں جی۔ بھارتی مجھ سے وعدہ کر چکی ہے۔ وہ انتظار کرے گی جیون بھر میرا انتظار کرے گی۔"

وہ غصّے سے لرز اٹھی۔ "ہوں! تو بات یہاں تک پہنچ چکی ہے۔؟

سانپ ڈسنے کے لئے تیار ہے۔ مگر میں اس سانپ کی گردن مروڑ دونگی میں اس کا سارا زہر زائل کر دونگی۔ میں ایک ماں ہوں۔ ۔ ۔ ۔ ۔ ۔ ۔ ۔ ۔ ۔ میں اس کا برا بھلا اچھی طرح سمجھتی ہوں۔ اور میرے بھی تو زندگی میں کچھ اصول ہیں۔ کچھ آرزوئیں ہیں۔ خواب ہیں۔ تمنائیں ہیں۔ تم چاہتے ہو تمہاری بے کار کی باتوں کے لئے میں یہ سب قربان کر دوں۔ ؟"

"یہ بے کار کی باتیں نہیں ہیں ماں جی۔ ہماری زندگیاں ہیں۔"

"تمہاری زندگی! بھارتی کی نہیں۔ بھارتی کے سامنے ایک روشن مستقبل ہے"

"ماں جی! ہم ایک دوسرے کے ساتھ رہنے کا وعدہ کر چکے ہیں۔"

"وہ نادان ہے جو تم جیسے عیار کی باتوں میں آگئی۔ اور سُن لو لڑکے۔ اس عمر میں دیکھے گئے ایسے خواب ریت کے محل ہوتے ہیں۔ وہاں ہوا کا جھونکا آیا اور یہ ڈھے گئے۔ ان وعدوں کی کیا بساط! نہیں نہیں۔ میں تمہاری باتوں پر وشواش نہیں کر سکتی۔ میں اپنی بھارتی کو اچھی طرح جانتی ہوں اور اس کے باوجود وہ اگر کوئی غلط قدم اُٹھائے گی تو میں اس کے پاؤں توڑ ڈالونگی۔"

"ماں جی۔ ۔ ۔ ۔ ۔" وہ لرز اُٹھی۔

"ہاں لڑکے۔ کان کھول کر سُن لو۔ ہو سکتا ہے تم بہت بہادر ہو مگر ایسی بھی کیا بہادری کہ اپنے ماں باپ کے ہوتے ہوئے ایسی بے شرمی کی باتیں کرنے کی ہمت تم میں پیدا ہوئی۔ اور وہ بھی میرے سامنے۔ ؟ ہیں۔ میں ایسی بہادری کو کچلنے کی عادی ہوں۔ روند ڈالنے کی عادی ہوں۔ سمجھے۔ ؟ اور اب میری آخری بات سُن لو۔ بھارتی کا تم سے کوئی واسطہ نہیں۔ تم دونوں کی

کوئی برابری بھی نہیں۔ میں بھارتی کا رشتہ طے کر چکی ہوں۔ اگر تم سچ مچ شریف ہو تو اس کا راستہ چھوڑ دو۔ ورنہ اس کا انجام تمہارے لئے بہت بُرا ہوگا میں تمہیں خبردار کر رہی ہوں کہ اس کے راستے میں کبھی نہ آنا۔ اور اب نکل جاؤ اس گھر سے۔ اور بھول جاؤ کہ کوئی بھارتی تھی۔"

آہ! یہ کیسا انجام ہے۔۔؟ اتنے سہانے سپنوں کا یہ کیسا اختتام ہے۔؟ یہ کیسے انگارے اُس کے کان میں انڈیل دیئے گئے۔؟ یہ کیا ہو گیا! اُس کے پیار کو، خلوص کو، سچائی کو جتنے کہ اس کے وجود کو اتنی بڑی گالی دی گئی اور وہ چپ چاپ سُنا کیا۔ اُسے رُسوا کر کے گھر سے نکال دیا گیا اس لئے کہ اُس نے پیار کیا۔ اس لئے کہ وہ غریب ہے۔ یہ کیسی دیواریں ہیں جو اس کے راستوں میں یوں ناگاہ حائل کر دی گئی ہیں۔ اونچ نیچ کی یہ سر بفلک دیواریں اس طرح اچانک اس کے سامنے چن دی گئیں اور اُس کی زندگی کا فیصلہ کر دیا گیا۔ کہ وہ دُنیا کی ایک بیکار سی چیز ہے اور اس کی کوئی ہستی نہیں۔ اور اُس کا جینا نہ جینا برابر ہے۔ کہ بھارتی سے اس کا کوئی میل نہیں۔ بھارتی جو اُس کے جیون کا سب سے پہلا سنگ میل ہے۔ بھارتی جو اُس کے اپنے اندر کی آواز ہے جو اُسکی اپنی ہی پرچھائیں ہے۔ دونوں ایک دوسرے کے اتنے

قریب ہیں کہ اس سے زیادہ قربت ہو ہی نہیں سکتی اور دنیا اور دنیا کے انوکھے اصول آن ہی آن میں طے کر دیتے ہیں کہ وہ اجنبی ہیں۔ اجنبی رہیں گے اجنبی رہنا ہوگا۔ اگر ایسا تھا تو وہ ملے ہی کیوں۔؟

آنکھوں میں آنسو چھلچھلا آتے ہیں۔ بار بار نکل آتے ہیں۔ اپنی بے بسی پر۔ سامنے سڑک ویران اور اداس اور اندھیری ہے۔ وہ آگے ہی آگے بڑھتا جا رہا ہے۔ جانے کہاں جا رہا ہے۔؟ جانے کس اور جا رہا ہے۔ یہ راستے شاید اسے بھارتی سے دور لے جا سکیں۔ مگر نہیں۔ بار بار کیوں لگتا ہے کہ جیون پتھ کا ہر موڑ بھارتی کے پاس ہی لے جائیگا مگر پھر بھی وہ آگے ہی آگے بڑھتا جا رہا ہے۔ اُس کا سارا وجود آگ کے شعلوں میں لپٹا ہوا ہے وہ دھڑ دھڑ جل رہا ہے۔ کبھی دور سے آنسو آنکھوں کے سوتوں سے نکل نکل کر اس آگ کو بجھانے کی ناتمام کوشش کر رہے ہیں ٹھنڈی طویل آہیں دھواں بن بن کر فضا میں آمعلق ہوتی ہیں مگر اس کے دل کی جلن تو بڑھتی جا رہی ہے۔ بڑھتی جا رہی ہے۔ وہ اب کیا کرے؟ کہاں جائے۔؟ کس سے فریاد کرے؟

سب کچھ تباہ ہو گیا نا۔؟

اس دنیا سے کیسے ٹکر لی جائے ۔؟

آہ! ایسا تو کبھی سوچا بھی نہ تھا۔ اُس نے خود بھارتی کو کئی بار سمجھایا کہ بھارتی مجھے بھول جاؤ۔ وہ رو دیتی تھی۔ اور آج جب خود اُس سے کہا جا رہا ہے۔ وہ بھارتی کا کچھ نہیں لگتا تو کیوں محسوس ہوتا ہے۔ جیون طوفانوں کی زد میں آگھرا ہے ۔؟

اچھا! اگر سچ مچ بھارتی اُس سے چھن جائے تو کیا وہ جی بھی پائے گا؟ جی کے کرے بھی کیا؟ سچ! بھارتی کے بعد دُنیا میں رہ ہی کیا جاتا ہے! اُس کی ساری طاقت، ساری ہمت ارادوں کی ساری مضبوطی، جیون بندھن کی ڈور تو بھارتی کی آنکھوں سے اُمڈتے ہوئے پیار اور اپنائیت کے نہ ختم ہونے والے چشموں کے ساتھ ہے۔ وہ چشمے ہی نہ رہیں گے تو وہ کیا رہ جائے گا ۔؟

"میں مر جاؤں گا بھارتی ۔" اس نے ایک دن کہا تھا۔ "سچ تمہارے بنا رہ نہ پاؤں گا۔ اب تو لگتا ہے تم نہ ہو گی تو میں بھی نہ ہوں گا ۔"

اور آج اس بات کی سچائی محسوس ہوتی ہے۔ بھارتی کے بنا جینے سے مرجانا کتنا آسان ہوگا ۔؟

بھارتی ملی تو وہ اُس کی گود میں اوندھا جا گرا اور سسک سسک کر رونے لگا۔

بھارتی پتھر بنی اُس کے پاس بیٹھی رہی۔

وہ روتا رہا۔ بلکتا رہا۔ اپنی ہار پر وہ اس بُری طرح رو رہا تھا۔ وہ تو بہت باہمت تھا۔ ہر غم میں اُس نے مسکرانا سیکھا تھا۔ بھارتی کو بھی اُس نے یہی سکھایا تھا۔ کبھی بھارتی اُداس بھی ہوتی تو وہ اُسے ہنساتا۔ ایک بار بھارتی کی آنکھ میں ایک آنسو کہیں اُس نے دیکھ لیا تھا تو اُبل پڑا تھا۔ اُسے اپنے ساتھ لپٹا کر کہا تھا۔ "نہیں بھارتی۔ رونا بزدلی ہے۔ کائر تا ہے اور ہم بزدل نہیں۔ جانتی ہو ہم کائر نہیں ہیں۔ ہم دنیا میں کچھ کرنے کے لئے آئے ہیں۔ ہم دونوں مل کر ایک نیا سماج، نئی دنیا، نئی اور خوبصورت اور انوکھی دنیا بنائیں گے۔ بنائیں گے نا۔ ؟"

ہنس پڑی تھی بھارتی۔ "ہاں!"

"بس ایسے ہی ہنستی رہو۔ ہنس کر ہر بات کو سہو۔ جیون روشنی کا نام ہے جانتی ہو انسان کو کس لئے پیدا کیا ہے بھگوان نے۔؟"

"کس لئے۔؟"

"کائنات کی ان بے پناہ خوبصورتیوں سے اپنے دل کی خوبصورتیاں مجتمع کرنے کے لئے۔ ہر ہر قدم اُسے نہایت دلچسپی سے یہ تمام کیفیتیں اپنے دامن میں بھرنی چاہئیں۔ دُکھ سُکھ یہ سب کیفیتیں تو ہوا کے جھونکوں کی طرح ہیں۔ موسم بدلتے رہتے ہیں۔ دھرتی کا سنگھار بھی تو بدلتا رہتا ہے۔ کبھی بہار، کبھی پت جھڑ۔ پت جھڑ میں جو ہنس سکتا ہے اُسے ہی بہار میں ہنسنے کا حق ہے۔"

اور آج وہی پنکج خود رو رہا تھا۔

پت جھڑ میں ہنسنے والا پنکج آج خود اس طرح بلک رہا تھا اور وہ پتھر بنی اُسے روتا دیکھ رہی تھی۔

وہ کر بھی کیا سکتی تھی؟ لگتا تھا۔ زندہ ہی نہیں۔ لگتا تھا۔ دل کی ہر ہر دھڑکن تھم گئی ہے۔ کوئی دکھ، کوئی سکھ۔ کوئی غم، کوئی آشا، کوئی خواب، کوئی امید جانو زندہ ہی نہیں۔ کچھ محسوس ہی نہیں ہو رہا۔ اگر ایسا نہ ہوتا تو کیا وہ پنکج کو یوں بلکتا دیکھ سکتی تھی؟ ہائے! جس کی ایک آہ سے اُس کا سارا شریر لرز جاتا تھا۔ ایک بار پنکج اگر ہونٹ بھینچ لیتا تھا اور چہرے پر پیلاہٹ آجاتی تھی تو وہ کانپ جاتی تھی۔ اور آج وہی پنکج اُس کے سامنے یوں پگھل پگھل کر اپنے آپ کو آنسوؤں میں بہا رہا تھا اور وہ کچھ نہ کہہ رہی تھی۔؟

اور وہ کہہ بھی کیا سکتی تھی۔؟ کر بھی کیا سکتی تھی۔؟

اس کے بس میں تھا ہی کیا - ؟ اس نے کواڑ کی آڑ سے ماں کی تمام باتیں سُن لی تھیں اُس وقت لگا تھا ماں کے پاس جا کے اور کہے۔ "ماں! تم جو ہمیشہ مجھ پر پیار کے سمندر لٹاتی رہیں اتنی بزدل بھی ہو سکتی ہو؟"

مگر وہ ماں سے کچھ نہ کہہ سکی۔ کسی سے کچھ نہ کہہ سکی۔ چپ چاپ روتی رہی اگلا دن بھی روتی رہی۔ اور اُس کے بعد جانے کیا ہوا کہ لگا وہ پتھر کی مورتی بن گئی ہے!

اور دن گذرتے جا رہے ہیں۔

اب تو پنکج سے ملنے کو بھی نہیں جا پاتی۔ قدم ہی نہیں اُٹھتے۔ پچھلی بار اُسے یاد ہے۔ کس طرح دونوں کتنی ہی دیر تک ایک دوسرے کے سامنے بیٹھے رہے تھے اور ایک لفظ بھی نہ کہہ پاتے تھے ایک دوسرے سے۔ کہیں بھی کیا۔؟ کہنے سُننے کے لئے وہ بھی کیا گیا ہے۔؟

پنکج ایک اُداس مورتی بن گیا ہے اور خود وہ۔ اُس نے تو اپنے آپ کو ہر بات کے لئے تیار کر لیا ہے۔

اور کل ہی اس کا شگن دیا جانا ہے۔

اب دونوں نے ہتھیار ڈال دیئے ہیں۔ پنکج کی ہمت ٹوٹ چکی ہے بھارتی کی آنکھوں میں آنسوؤں کے سوتے سوکھ گئے ہیں۔ اب تو رویا بھی نہیں جاتا۔ بس بار بار پنکج کی ایک ہی بات یاد آتی ہے۔ وہ ایک ہی بات کہتا ہے ”تم مجھے نہ ملیں بھارتی تو میں اپنے آپ کو ختم کر دوں گا“

اب تو اس کے پاس جاتے ہوئے ڈر لگنے لگا ہے کتنا پاگل ہو گیا ہے۔ اس روز کہنے لگا۔ ”دنیا کی یہ ظالم دیواریں۔ آؤ ان دیواروں کو ایک آخری ٹھوکر ماریں اور اس دنیا کو چھوڑ کر کہیں چلے جائیں۔ کہیں دور جہاں کوئی نہ ہو۔ کوئی نہ ہو۔ کوئی بندش نہ ہو۔ کوئی روکنے والا نہ ہو۔ کوئی ماں نہ ہو کوئی فیصلہ نہ ہو۔“

مگر بھارتی کا کلیجہ دہل جاتا ہے۔ وہ اپنی ماں سے بہت پیار کرتی ہے جانتی ہے ماں کا دنیا میں اس کے سوائے کوئی نہیں۔ اس گھر کی دیواریں اس نے

نہایت ہمت سے تنکہ تنکہ جوڑ کر کھڑی کی ہیں۔ اس گھر کی دیواروں کو وہ اتنی زوردار ٹھوکر نہیں مار سکتا۔ یہ اس کی مریادا کا سوال ہے۔ خاندان کی عزت کا سوال ہے۔ یہ سب کر کے وہ جی بھی کیسے سکتی ہے؟ اس طرح دُنیا میں کب تک مُنہ چھپائے جیا جا سکتا ہے۔۔؟

پھر کیا کیا جائے؟

کچھ بھی نہیں کیا جا سکتا۔ یہ دیواریں بہت مضبوط ہیں زمانے کے آغاز سے انسان کے گرد چن دی گئی ہیں۔

اب تو مقدر بن گئی ہیں۔

بھارتی چپ چاپ اپنے لُٹنے کی منتظر ہے۔

پنکج تو دیوانہ ہو گیا ہے۔ کچھ کر نہ بیٹھے۔

ہائے! اگر اُسے کچھ ہو گیا تو وہ نہ جی سکے گی نہ مر سکے گی۔

پنکج نے آخری بار کہلوایا ہے۔

"بھارتی۔"

کل تمہاری منگنی کسی اور سے ہو جائے گی

کل کے بعد تم میرے لئے اجنبی بن جاؤ گی

مگر کل تو بہت دور ہے اور میرے سارے
جیون کا سوال ہے۔ کل اور آج کے
بیچ کی یہ درمیانی رات کیا مجھے اپنا ساتھ
دے دو گی کہ میں اپنا آنے والا مشکل
جیون اس ایک رات کے سہارے
گزار سکوں۔ ؟

تمہارا
جو کبھی تھا اور اب کچھ بھی نہیں
پنکج"

اُس نے مٹھی میں خط دبا کر سینے سے بھینچ لیا۔ آنکھوں سے
آنسوؤں کی لڑیاں لگ گئیں۔ روتی رہی۔ روتی رہی۔
اور جب آسمان میں پہلا تارا چمکا تو وہ اٹھی مُنہ ہاتھ دھویا۔
اپنی بہترین ساڑھی باندھی۔ آخری بار سنگھار کیا اور اپنے بچھڑتے پریتم
سے آخری بار ملنے چلی گئی۔

آسمان میں چاند تھا۔ نیچے دُور بائیں باغ میں لانبے لانبے درخت چپ چاپ کھڑے تھے۔ پیچھے موسیقی تھی۔ دائیں طرف بال رُوم تھا۔ وہ ابھی ابھی ایک دوسرے کی کمر میں ہاتھ دیئے ناچتے رہے تھے۔ "کیبرے" کے لئے بار بار بتیاں بجھتیں۔ اور پھر بار بار رقص کے لئے ہلکے ہلکے سروں میں بینڈ بجنے لگتا۔ آج پنکج باورا ہو گیا ہے۔ ہر ناچ میں شریک ہو رہا تھا۔ وہ ٹیبل پر آ کر بیٹھے بھی نہ ہوتے کہ رقص کے ساز بدلتے۔ وہ پھر اُٹھ کھڑا ہوتا۔ اُس کی طرف دیکھ کر، اس کے ہاتھ میں ہاتھ دیئے جوڑوں کی گول قطاروں کے بیچوں بیچ بنے درمیانی فلور پر آ جاتا۔

آج وہ بھول جانا چاہتا تھا۔ سب بھول جانا چاہتا تھا۔ اپنا ماضی اپنا مستقبل۔ بھارتی کا جدا ہونا۔

آج وہ بھی بھول جانا چاہتی تھی۔ سب بھول جانا چاہتی تھی۔ اپنا ماضی۔ اپنا مستقبل۔ پنکج کا پیار، پنکج کی جدائی۔

بس! اُن کی زندگیوں کا یہی ایک لمحہ زندہ تھا۔آج کا یہ ایک لمحہ ہی زندہ تھا۔کل تو اندھیرا ہے۔ایک طویل نہ ختم ہونے والا اندھیرا۔

کل کیا ہوگا سوچا ہی کیوں جائے۔! کل تو اپنے بس میں ہے ہی نہیں۔ پنکج کا کیا ہوگا۔؟ بھارتی کس گھر کن اجنبیوں کے پاس دھکیل دی جائیگی؟ نہیں۔نہیں۔ان روح فرسا خیالوں کو سوچا ہی کیوں جائے۔؟ کل تو آنا ہی ہے۔کل تو کل آئے گا۔اور آج۔آج تو زندہ ہے۔دھڑک رہا ہے موجود ہے۔پھر آج ہی کو اپنی باہوں میں مضبوطی سے کیوں نہ کس لیا جائے کہ کبھی جدا نہ ہو سکے۔نہ یہ آج جدا ہو سکے۔نہ کل کے لئے زندہ رہنے کی ضرورت ہو۔

کل اور آج کی یہ درمیانی رات۔نئے جیون اور پرانے جیون کے سنگم کی رات۔اِس پار اور اُس پار کا درمیانی پل۔یہ رات جو دو جدائیوں کے مابین کا ملن ہے۔ایسا ملن تو کئی جنموں بعد میسر آتا ہے۔اِسی ملن کو امر کر دیا جائے تو دُکھ کی مقدار کتنی کم ہو جائے گی۔؟

دونوں اس بات کو سمجھتے ہیں۔اس بات پر و شواش کئے بیٹھے ہیں۔ اس لئے مافیہا تک کو بھلا بیٹھے ہیں۔پنکج نے آج اپنا بہترین سوٹ پہن رکھا ہے۔یہ سوٹ بہت اچھے دنوں کی یادگار ہے۔بھارتی نے اس کا کپڑا پسند کیا تھا۔بھارتی کے لمس کی کتنی یادیں اس سوٹ سے وابستہ ہیں۔ظالم! کتنا جچتا ہے اس سوٹ میں۔ہائے! ایک بار بھارتی نے کالا نشان لگا دیا تھا۔"میرے محبوب کو کسی کی نظر نہ لگ جائے۔" بھارتی کا کلیجہ بھر بھر

آتا ہے۔
پنکج نے آج اپنی ساری کتابیں بیچ ڈالی ہیں۔ اپنے سپنوں کو سر بازار فروخت کر ڈالا ہے اور بھارتی کو شہر کے سب سے مہنگے ریسٹوران ڈبلا مارٹیل آیا ہے۔ آج کی رات وہ بھول جانا چاہتا ہے کیونکہ یہ جیون کی آخری رات ہے۔

آج کی رات وہ بدلے لینا چاہتا ہے۔ سب کا مذاق اُڑانا چاہتا ہے سب کا۔ اپنی غربت کا۔ امارت کے ان اونچے محلوں کا۔ اُس دُنیا کا سب کا۔ سب کا ۔۔۔۔۔۔"

وہ ناچ رہا تھا اور وہ اُس کے کندھے پر سر ڈھلکائے اس کا ساتھ دے رہی تھی۔ آنکھیں بند تھیں۔ پیر پیر کے اشاروں پر رقصاں تھے۔ جسم ایک دوسرے کے قریب تھے۔ آج کوئی دُوری نہ تھی۔ آج وہ دونوں ایک تھے۔ ایک۔۔۔۔۔۔۔۔۔۔

کل کس نے دیکھا ہے۔؟ آج کا راگ امر ہے۔ آج کا راگ سہاگ ہے۔ آج۔ آج ۔۔۔۔۔۔۔۔۔

دونوں کے دلوں میں یہی گیت بار بار لرز رہا تھا۔ بار بار تھرک رہا تھا۔

اب بہت دیر ہو گئی تھی۔ بہت دیر ہو گئی تھی۔ "کیبرے" بھی ختم ہو چکا تھا۔ دوسرے شو کے بعد آنے والے جوڑے بھی تھک ہار کر ایک دو راؤنڈ ناچنے کے بعد میزوں سے اٹھ چکے تھے۔ وہ دونوں اپنے آپ کو بھولے ہوئے ناچتے ناچتے اب باہر لانبے برآمدے میں آ گئے تھے۔ برآمدے میں نسبتاً اندھیرا تھا۔ پنکج نے اُس کا ہاتھ مضبوطی سے تھام رکھا تھا۔ لگتا تھا وہ ہاتھ پنکج ہی کے شریر کا ایک حصہ ہو۔

اوپر چاند تھا۔ نیچے پائیں باغ کے لانبے درخت چپ چاپ سو رہے تھے۔ اونگھ رہے تھے۔ انھوں نے آنکھیں بند کر لی تھیں۔ "رات کی رانی" اور "مولسری" کی ننھی ننھی کلیاں پتوں کی آڑ لے کر بار بار اُن کو ہی دیکھ رہی تھیں اور شرارت سے مسکرا رہی تھیں۔ بار بار آنکھیں مُوند لیتیں۔ بار بار کھول لیتیں یا بار بار ڈول ڈول جاتیں۔

چاروں طرف ایک جادو کا سا ماحول تھا۔

دونوں چپ چاپ نیچے آ گئے۔

دونوں خاموش تھے۔ کلیجوں میں اندر آگ تھی۔ آنکھوں میں نیند کے ڈورے تھے۔

دونوں چپ تھے۔ ڈر رہے تھے۔

دونوں چپ تھے۔ ایک ہی گیت کی سُریں دونوں کے وجود کو اپنی لپیٹ میں لئے تھیں۔

نیچے پائیں باغ میں بنچ اُس کی گود میں لیٹ گیا۔ اُس کا چہرہ جذبات کی شدت سے تمتما رہا تھا۔ جسم رہ رہ کر کانپ رہا تھا۔ دونوں ایک دوسرے سے خوفزدہ تھے اور ایک دوسرے کے اور نزدیک آنا چاہتے تھے۔

ناگاہ جانے کیا ہوا کہ وہ اُس کی باہنوں میں آ گری۔

ناگاہ جانے کیا ہوا کہ وہ ایک آگ سے جل اُٹھی۔

سامنے اوپر بال رُوم میں بینڈ کی آوازیں تیز ہو گئیں۔

آسمان میں چاند نے تیزی سے بھاگنا شروع کر دیا۔

اور اگلی ہی صبح بھارتی کی منگنی ایک
غیر مرد کے ساتھ ہو گئی ——

اُسی رات ہی بنکیج وہ شہر چھوڑ کر چلا گیا۔ جانے کہاں چلا گیا؟ اُس نے کہا تھا۔ بھارتی سے بچھڑ کر وہ کھو جائے گا۔
اور سچ مچ وہ کھو گیا۔
پھر بھارتی سے کبھی نہ ملا۔

بھارتی نے اب صبر کے گھونٹ پی لئے ہیں۔ اب وہ نئے جیون کا چپ چاپ انتظار کر رہی ہے۔ ماں اُس کے لئے جہیز بنا رہی ہے۔ دونوں نے خاموشی سے ایک معاہدہ کر لیا ہے۔ بھارتی سارا دن پڑھتی رہتی ہے۔ ماں سے کم بولتی ہے ماں بیٹی کے ہاتھ پیلے کرنے کے خوب صورت خوابوں میں مدغم ہے۔

ارچنا کی زندگی کا نصب العین پورا ہونے والا ہے۔
چھ ہی مہینوں بعد بھارتی کی شادی کی تاریخ مقرر ہوئی ہے۔
کہ جانے کیا ہوتا ہے وقت ایک پلٹا کھاتا ہے۔ ایک بہت عجیب قلابازی کھاتا ہے اور بیس سال پیچھے چلا جاتا ہے۔
ایک بار پہلے، بہت پہلے، کلپنا اس کے کمرے میں آئی تھی۔
آج بھارتی اس کے سامنے بے ہوش پڑی ہے۔
بھارتی۔ کلپنا کی بیٹی بھارتی۔
کلپنا نے مر جانے کی دھمکی دی تھی۔ بھارتی نے مر جانے کی پوری کوشش کی تھی۔ ڈوب مرنا چاہا تھا۔ مگر لہروں نے اسے باہر پھینک دیا تھا۔
اور ارچنا سر تھامے، کرسی میں دھنسی اس کے ہوش میں آنے کا انتظار کر رہی ہے۔
اور رات چپ چاپ گزر رہی ہے۔ ڈاکٹر ابھی ابھی گئے ہیں۔ ارچنا

نے اپنا ماتھا پیٹ لیا ہے۔ آنکھوں سے آنسو رواں ہیں۔ اپنا سارا ماضی اُس کے سامنے ننگا ہو کر ناچ رہا ہے۔

ہائے! بار بار یہ کیا ہو جاتا ہے؟ بار بار اُس کے ساتھ یہ سب کیوں ہوتا ہے۔؟ وہ ہی بار بار کیوں تختۂ مشق بنتی ہے۔؟ بھگوان! یہ بھی کیسا نیائے ہے۔؟ یہ بھی کیسا جیون ہے۔؟ یہ بھی کیسی کہانی ہے۔؟ یہ بھی کیسی مجبوری ہے؟ یہ بھی کیسی دیواریں ہیں۔؟

بھارتی ہوش میں آئی تو ارچنا کو اپنے سامنے دیکھ کر اُس نے اپنا منہ چھپا لیا۔

"مجھے مر جانے دو ماں۔ مجھے مر جانے دو۔ میرا مرنا ہی اچھا ہے ماں میں کسی کو منہ نہیں دکھا سکتی۔"

"بھارتی۔ بھارتی۔" وہ اُسے گود میں لئے بیٹھی ہے۔ دونوں کے آنسو رواں دواں ہیں۔

"میں ننگ خاندان ہوں ماں۔ میں تمہارے لائق نہیں۔ میں تمہیں اپنا یہ گناہگار چہرہ نہیں دکھا سکتی۔ ہائے! میرے ساتھ یہ کیا ہو گیا؟"

"بھارتی۔ بھارتی" وہ اسے اپنے ساتھ لپٹاتی رہی۔

بھارتی روتی رہی - بے تحاشا روتی رہی -

وہ اُسے تسلیاں دیتی رہی - بے نام سی تسلیاں -

بھارتی سے وہ کیا کہے -؟ کسی سے وہ کیا کہہ سکتی ہے -؟ اس کی تقدیر ہی ایسی ہے -

پر اب ہو گا کیا -؟

جی تو چاہا تھا اس گناہ گار کا گلا گھونٹ دے - ہائے! اُس نے اُسے کہیں کا نہیں چھوڑا - اس کا کتنا مان ہے - کتنی عزت ہے - جب لوگ سنیں گے - لوگوں کو پتہ چلے گا کہ وہ ارچنا، جسے لوگ دیوی کہتے نہیں تھکتے اُس کی لڑکی بھارتی............

اس کی بیس سال کی بنائی ہوئی عزت - اس کی محنت - اس کے جیون کے سارے سہارے..........

اب وہ کیا کرے؟

پھر جب بھارتی کے معصوم بھولے فرشتوں کے سے چہرے کو اُس نے دیکھا تو ناگاہ اسے کلپنا یاد آ گئی - کلپنا کی بار بھی تو یہی ہوا تھا -

اُس میں کلپنا کا کیا قصور تھا -؟ دیکھا جائے تو وہ شکار اُن حالات کا تھا - اور اب بھارتی -...... کیا یہ تقدس مآب چہرہ گناہگار ہو سکتا ہے -؟ یہ اتنا پاکیزہ چہرہ جس نے سدا اُس کے کلیجے میں ٹھنڈک پہنچائی ہے کیا آج آگ کی لپیٹ بن سکتا ہے؟

نہیں - نہیں - اس کا رواں رواں چیخ اٹھا - اور اُس نے بھیڑ ش

بھارتی کو اپنے سینے سے لگا لیا تھا۔
اور روتی رہی تھی۔

اور اب جب بھارتی ہوش میں آ چکی ہے وہ اُسی طرح اُسے سینے سے لپٹائے ہے۔ کچھ کہہ نہیں سکتی۔ صرف بار بار نام لے کر اُسے تسلی دے رہی ہے۔ خود رو رہی ہے۔ کلیجہ پھٹا جا رہا ہے۔ مگر بھارتی کو روتے نہیں دیکھ سکتی۔ اس بھارتی پر تو اس نے اپنی ساری ممتا سارا جیون، ساری جوانی سدا سدا قربان کی ہے آج اُس کے ہوتے وہ اِس طرح بلک رہی ہے۔ ہائے! اُس کا دل پھٹ رہا ہے۔

"نہ رو۔ نہ رو بھارتی۔ نہ رو۔"

جب ذرا طوفان کم ہوا تو بھارتی نے کہا۔" مجھے مر جانے دیا ہوتا ماں۔ میں کسی کو اپنا چہرہ کیسے دکھاؤنگی۔"

وہ دُور بیس سال پیچھے کی کلپنا کو یاد کرتی رہی۔ کچھ نہ کہا۔ اُسے ساتھ لپٹائے کانپتی رہی۔ لرزتی رہی۔

"ماں!" ناگاہ بھارتی نے کہا۔" ماں! اب ہو گا کیا۔؟ میں نے اُسے بہت ڈھونڈا ماں۔ مگر جانے وہ کہاں کھو گیا ہے۔؟"

"مجھے اس کا نام نہ بتاؤ گی بھارتی۔؟"

"تم اُسے جانتی ہو ماں۔ اچھی طرح جانتی ہو۔ وہ تم سے ملنے آیا تھا۔"

"کیا پنکج۔؟"

"ہاں!" اس کی گود میں سر چھپا دیا۔

"تم اُس سے کب ملی تھیں۔؟"

"تم نے اُسے ٹھکرا دیا تھا۔ وہ مرنے جا رہا تھا۔ اگلے ہی دن میری منگنی

تھی۔ اُس نے آخری بار مجھ سے ملنا چاہا۔۔۔۔۔۔۔"

"وہ اب کہاں ہے۔؟"

"کسی کو نہیں پتہ۔ وہ مجھ سے بے حد پیار کرتا تھا۔ وہ میرے لئے جان دینے کو تیار تھا۔ جانے کہاں چلا گیا۔ کہتا تھا۔ اب تیری دنیا میں میرا کیا کام بھارتی۔۔۔۔۔۔۔۔۔"

دونوں پھر رونے لگیں۔

دیر تک روتی رہیں۔

پھر ہزاروں گِلوں کے ساتھ اُس نے آہستہ سے کہا۔"یہ تم نے کیا کیا بھارتی۔؟ تم نے تو مجھے جیتے جی ہی مار ڈالا۔"

بہت دنوں کے بعد ایک دن ارچنا نے کہا۔ "بھارتی وہ تو اب کھو چکا۔ ہمیشہ ہمیشہ کے لئے کھو چکا۔ تم کب تک اُس کا انتظار کرو گی۔؟"

"انتظار کرنا ہی ہوگا ماں۔ میں اُس کے بچے کی ماں بننے والی ہوں۔"

"مگر کیسا انتظار۔؟ آگے پہاڑ سا جیون ہے۔ اتنا لمبا جیون۔ مجھے دیکھو میں نے بیوگی کے کتنے لمبے سال گزار دیئے ہیں! میں ہی جانتی ہوں ایک ایک پل کیسے بیتتا ہے۔ کیا تم چاہتی ہو تمہارا بھی وہی حال ہو۔؟"

"پھر میں کیا کروں ماں؟ کیا کروں؟ اسے کہاں سے ڈھونڈوں۔؟"

"اُسے بھول جاؤ۔"

"کیا۔؟" وہ چونک پڑی۔ "نہیں ماں۔ نہیں ماں۔ نہیں۔ تم اتنی نردئی مت بنو ماں۔ اس طرح مجھ سے میرے جینے کا آخری سہارا مت چھینو۔"

"بھارتی!"

"ماں! میں اسے بھول نہیں سکتی۔ نہیں بھول سکتی۔ میں نے اُسے کتنا پیار کیا ہے اور اب تو۔ اب تو۔۔۔۔۔۔"

وہ تیزی سے کمرے سے باہر نکل گئی۔

پھر ایک دن کہا رجنا نے۔ "بھارتی۔ اس طرح سارا دن روتی رہو گی۔ دُنیا سے منہ چھپاتی رہو گی تو جیو گی کیسے۔؟"

"اب جی کے کرونگی بھی تو کیا۔ تم نے مجھے کیوں نہ مرجانے دیا۔"

"اس طرح میرا دل نہ توڑا کرو بھارتی۔ زندگی ایک انمول تحفہ ہے۔ اِسے ضائع کرنے کا ہمیں کوئی حق نہیں۔ تم نہیں جانتیں تمہاری ننھی سی جان بچانے کے لئے میں نے کیا کیا۔؟ زندگی بھر اپنے آپ کو فنا کرتی آئی کہ تمہیں جیون مل سکے۔ کیا اس لئے کہ تم اُسے برباد کردو۔؟"

"پھر میں کیا کروں ماں۔؟ کیا کروں۔؟"

"بہادر بننا ہوگا۔ اُسے بھول جانا ہوگا۔ زندگی سے لو لگانی ہوگی۔"

"مگر ماں۔ یہ ہو بھی کیسے سکتا ہے۔؟ میرے بچے کو ایک سہارا تو چاہیئے ہی۔۔۔۔۔۔"

"سنو بھارتی - فرض کیا پنکج مل بھی جائے تو بھی کیا پتہ وہ تمہارے بچے کا سہارا نہ بن سکے -"

"کیوں ماں -؟" وہ کانپ اٹھی - "یہ کیسے ہو سکتا ہے -؟"

"شاید وہ زندہ ہی نہ ہو - ہو بھی تو اُس نے دوسری شادی کر لی ہو - مل بھی جائے اور کہے کہ یہ بچہ تم کہیں اور سے لائی ہو - تب -؟ تب تم کیا کرو گی؟"

"ماں !" وہ بلک اٹھی اور نڈھال سی بستر پر گر پڑی -

کئی دن بیت گئے -

بھارتی ابھی تک بیماری کے بستر سے نہ اٹھی تھی -

ارچنا نے ایک دن کہا "سنو بھارتی - اب ہمیں کوئی فیصلہ کرنا ہی ہو گا -"

"کیا ماں -؟" نقاہت سے کہا اُس نے -

"اب ہم زیادہ دیر پنکج کا انتظار نہیں کر سکتے - میں تمہیں برباد ہوتے نہیں دیکھ سکتی - میری ایک بات مانو گی -؟"

"کہو ماں -!"

"اپنا یہ بچہ مجھے دے دو۔"

"ماں!" وہ چیخ اٹھی۔

"ہاں بھارتی۔ تمہاری اس حالت کا ابھی کسی کو پتہ نہیں۔ تم بیمار رہو۔ ہم چند مہینوں کے لئے کسی پہاڑ پر چلے جاتے ہیں۔ تمہاری شادی کی تاریخ اور لمبی کر دیتے ہیں۔ تم اپنا بچہ مجھے دے دینا......"

"ماں!" وہ رونے لگی۔ "ماں! یہ کیسے ہوگا ماں؟......"

"اس کے سوا کوئی چارہ نہیں بھارتی۔ بن باپ کے بچے کو لے کر تم جیو گی کیسے۔؟ اتنا لمبا جیون کاٹنا دوبھر ہو جائے گا۔ ایسے جیون سے موت ہی اچھی ہوتی ہے۔ تم اپنا یہ بچہ مجھے دے دینا اور اُسے بھول جانا۔"

"ماں!" سسک سسک کر، بلک بلک کر کہا بھارتی نے۔

"ہاں میری بچی! میں نے جیون میں تمہیں کیا نہیں دیا کیا تم مجھے اپنا بچہ نہیں دے سکتیں۔؟ اور سچ ؛ تیرے چلے جانے کے بعد میرے پاس رہ بھی کیا جائے گا ؛ میرے جیون کے تو سارے سہارے چھن جائیں گے۔ کیا تم چاہتی ہو۔ تمہاری بوڑھی ماں تنہائی سے مر جائے ؛ میرے پاس تمہارا بچہ ہوگا۔ میں سمجھونگی بھارتی میرے پاس ہے۔ بھارتی میری بات مان لو۔ اپنے آنیوالے جیون کے لئے یہ بچہ میری گود میں ڈال دو۔ میں تم سے دور چلی جاؤں گی۔ بچے کو لے کر کہیں دور چلی جاؤنگی۔ پھر تمہارے جیون میں کبھی نہ آؤنگی۔ تاکہ تم اور تمہارا آنے والا جیون سُکھی رہے۔ ایک دن تمہیں بھی اسی طرح لے کر میں اپنے گھر اور جاننے والوں سے بہت دور چلی آئی تھی۔ ایک بار پھر میں سب

بھول کر، سب چھوڑ کر دور چلی جاؤنگی۔ تم مجھے بھول جانا۔ میری بیٹی۔ ۔۔ مجھے بھول جانا۔"

"ماں۔ ماں"۔ آنسو تھے کہ تھمنے کا نام ہی نہ لیتے تھے۔ شریر کے ذرّے ذرّے سے نکل رہے تھے۔ اتنے آنسو کبھی بھلا کبھی کسی نے بہائے ہوں گے؟

اور آج بھارتی کی شادی کا دن ہے!

ابھی ابھی ڈولی رخصت ہوئی ہے۔ اِدھر اُدھر ہر جگہ آنسو بکھرے پڑے ہیں۔ کتنے ہی لوگوں نے کتنے ہی آنسو بہائے ہیں۔ بھارتی ماں سے لپٹ لپٹ گئی ہے۔ آج وہ کتنی سُندر لگ رہی ہے؟ چہرہ آکاش کی اپسرا کی طرح تابناک ہے۔ ماتھے پر جھومر ہے۔ ناک میں نئی شبنمی بوند ہے۔ گلے میں منگل سوتر ہے۔ ہاتھوں میں لال چوڑا ہے۔ اَن گنت زیوروں سے لدی پھدی ہے۔ سہاگ کی لال ساڑھی میں اس کا حُسن پھوٹا آ رہا ہے۔

لڑکیوں نے بابل گا گا کر سب کو رُلا دیا ہے۔ بینڈ رخصت ہو چکے ہیں۔ چاند پچھلی طرف ڈھلک گیا ہے۔ بارات تاروں کی چھاؤں میں لوٹ گئی ہے۔ بھارتی رخصت ہو گئی ہے۔ اپنے نئے سفر پر چل پڑی ہے اور ارچنا اب تنہا ہے۔ اِتنا بڑا گھر کھانے کو دوڑ رہا ہے۔ وہ ایک ایک چیز سے لپٹ لپٹ کر رو رہی ہے۔

آج اس گھر سے ایک ڈولی چلی گئی ہے۔

دوسری ڈولی جانے کے لئے تیار ہے۔

ارچنا۔ جس کی کبھی ڈولی نہ اُٹھی۔ پھر بھی وہ ہر گھر سے سدا سدا کے لئے بچھڑ بچھڑ گئی۔ یہ کیسی دُلھن ہے؟ یہ کیسا بچھوڑا ہے۔؟ یہ کیسی جدائی ہے؟ دلھن تو اپنے مائیکے کبھی لوٹ کے آتی رہی ہے۔ بچپن کے ساتھیوں سے ملتی ہی ہے مگر ارچنا کا بھی کیسا جیون ہے کہ کوئی مائیکہ نہیں اور کوئی سسرال نہیں۔ اور ماضی اس طرح گم ہو جاتا ہے جیسے کوئی ماضی کبھی تھا ہی نہیں اور آج اس کے اس ماضی کا، ماضی کے اس جیون کا آخری دن ہے۔ بیس برس کے اس جیون کا آخری دن جو اس کی زندگی کا بہترین حصہ تھا۔ جو اُس نے خود بنایا تھا۔ ایک دن خالی ہاتھ یہاں آئی تھی۔ آج خالی ہاتھ یہاں سے جا رہی ہے۔ اتنا سب کچھ، اتنی عزت، اتنا رتبہ اتنا مان سب ٹھکرا کر جا رہی ہے۔ اسے کسی دوسرے شہر جانا ہے۔ رات تاریک ہے۔ اس کا سامان بندھا ہوا ہے، گھر، گھر کی ہر ایک چیز اس نے بھارتی کے نام کر دی ہے۔

اور آنے والے جیون کی سڑک لمبی اور اداس اور تنہا ہے۔ جیون بھی تو اداس اور لمبا ہے۔

سفر اور جیون ختم ہونے ہی میں نہیں آتے۔

آج وہ سارے رشتے توڑ چلی ہے۔ بیس سال پہلے اس نے کلپنا کے لئے تیاگ کیا تھا۔ آج اُسی کی لڑکی کے لئے وہ ایک نیا تیاگ کر رہی ہے۔ اس کا جیون ہی تیاگ ہے۔ دوسروں کے لئے مرمٹنا ہے۔

آہ! وہ کتنی اکیلی ہے۔؟ اس کا اپنا دُنیا میں کیا ہے؟ دُور دوسرے شہر ایک ننھی سی جان اُس کی منتظر ہے۔ بھارتی کی لڑکی ـــ پھر وہی جیون۔

وہ نئے سفر پر چل پڑی جہاں وہ بھارتی کی لڑکی کو کلیجے سے لگاتے آگے ہی آگے جائے گی۔ پیچھے مڑ کر بھی نہ دیکھ سکے گی۔ پیچھے بہت اونچی دیواریں ہیں۔ ان دیواروں کے اِس پار ساری دُنیا ہے اور اُس پار اکیلی وہ۔

وہ پھر بھی ہر بار جیتتی ہے اور دنیا ہر بار ہارتی ہے۔ جب تک یہ دیواریں ہیں اسی طرح وہ نئے سفر شروع کرتی رہے گی۔ اور سفر کبھی ختم نہ ہوں گے۔ کبھی ختم نہ ہوں گے۔

وہ دل ہی دل میں ہنس پڑی۔

(ختم شد)